ELS MIRALLS VENECIANS

LA LLUM DEL FAR

Els miralls venecians

Joan Manuel Gisbert

BAULA

Coordinador de la col·lecció
Pere Pons i Clar

Coordinador editorial
Josep Llussà

Disseny de la coberta
Cristina Martínez-Abarca

Traducció
Miquel Àngel Gibert

Primera edició: noviembre 1995.

Segona edició: noviembre 1997.

Josep Tarradellas, 8-10
08029 Barcelona
Dipòsit legal: Z. 3308-97
ISBN: 84-479-0339-7
Tallers Gràfics Edelvives
50012 Saragossa

Tallers Gràfics Certificats ISO 9002
Printed in Spain

Una habitació tètrica

EL JOVE ESTUDIANT de lletres Giovanni Conti va arribar a Pàdua el capvespre d'un diumenge de març. Havia fet un llarg i penós viatge des de Nàpols, la seva ciutat natal, per assistir a un curs de documentació històrica fet per l'il·lustre professor Giacomo Amadio, mestre de cronistes i literats. Corria l'any 1792.

Giovanni va baixar del trontollós carruatge baldat per les batzegades que havia sofert durant la marxa. La pols del llarg camí li cobria la roba i la cara. Sentia una coïssor als ulls. Va fer unes primeres passes amb dificultat.

Malgrat tot, estava eufòric. Esperava molt de les setmanes que s'acostaven. Encara no podia imaginar que la seva estada en aquella ciutat aviat es veuria immersa en una sèrie de circumstàncies que el distraurien del motiu inicial del seu viatge.

Tot i que caminava amb el cos entumit, i la bossa d'equipatge se li feia més pesada a cada pas, va voler contemplar de seguida la universitat. Va preguntar on era a uns homes que hi havia al llindar d'una taverna. Quedava molt a prop. Aviat la va tenir davant.

Com que era festa, l'edifici estava tancat. Va veure com el capvespre s'ensenyoria de la seva noble façana i, emocionat, va pensar que allà viuria els seus dies fins que arribés l'estiu.

Va esperar que la sumptuosa estampa s'enfosquís sota les primeres ombres de la posta. Tot seguit, va tornar a agafar l'equipatge i es va orientar a la recerca de la fonda Veneciana. Per les referències que en tenia, era l'únic lloc de Pàdua que oferia habitacions a un preu molt barat als estudiants procedents d'altres ciutats.

Estava situada al final d'un carreró i semblava més aviat un asil o una presó que no pas una fonda. Giovanni, però, no tenia la possibilitat de triar. Al vestíbul hi havia un taulell atrotinat, darrere del qual un home apilava draps vells i mal plegats. Quan va veure Giovanni, li va dir:

—Ja m'imagino per què ets aquí. Arribes tard.

El jove estudiant, una mica desconcertat, va explicar:

—He vingut a fer un curs a la universitat i necessito allotjament.

—Aquí no en trobaràs pas. La gent gairebé surt per les finestres de tanta que n'hi ha.

—No em faria res compartir una habitació. Amb un racó ja en tinc prou.

—Ja hem ficat a tot arreu més llits del compte. No n'hi entra cap més.

Giovanni es va ensorrar. Amb els pocs recursos de què disposava no es podria costejar un allotjament més car. Es trobava en un destret difícil de resoldre.

En aquell moment, algú, des de dins, va cridar l'home del taulell, que, deixant la conversa a mitges, o donant-la ja per acabada, va desaparèixer darrere d'una cortina esfilagarsada que penjava al fons.

Sense que Giovanni se n'adonés, una dona d'edat, vestida severament, havia presenciat l'escena. Estava asseguda en un banc, lluny del taulell. Sense fer soroll, es va posar dreta i es va acostar al jove napolità.

—Si el que busca és una habitació on allotjar-se —va dir ella amb veu cautelosa, gairebé furtiva—, jo li n'ofereixo una que és millor que la que hauria pogut trobar aquí. No és gaire lluny. Si m'hi vol acompanyar, la hi ensenyaré. És molt espaiosa i tranquil·la. No tinc cap més hoste.

Giovanni va pensar que aquella proposició li feia veure el cel obert. Però de seguida es va amoïnar pel preu del nou allotjament. I ho va manifestar a la senyora:

—No tinc gaires recursos. No sé si podré pagar el lloguer.

—No pateixi, jove, me'n faig càrrec. No li sortirà més car del que es pugui permetre. Vol venir a veure el lloc? Sense cap compromís, naturalment.

—Sí, és clar —va respondre el jove, gratament sorprès—. Li ho agraeixo d'allò més.

Van recórrer en silenci una complicada xarxa de carrerons. L'indret quedava una mica apartat, tot i que a Pàdua no hi havia grans distàncies.

—És aquella casa —va anunciar la senyora, assenyalant un edifici lúgubre que semblava insignificant en comparació d'un altre al qual estava adossat.

Després d'obrir la porta i cedir el pas a Giovanni, la senyora va agafar un llum d'oli que cremava al vestíbul i va conduir el jove a la planta superior, mentre explicava:

—No he tingut mai estudiants. Fins ara els meus hostes han estat sempre senyors grans. L'últim que va ocupar l'habitació era tot un erudit, un home culte i distingit. Hi va passar molts mesos, aquí. I pensava quedar-se-n'hi uns quants més, però va haver de marxar de cop i volta per raons familiars. Per això l'estança està desocupada. Ja la veurà; és una oportunitat.

Cap a la meitat d'un llarg corredor hi havia una porta. La senyora va entrar primer i va encendre un canelobre. A poc a poc, els escampats mobles i objectes que poblaven la cambra van anar prenent forma.

Es tractava, realment, d'una habitació molt espaiosa; fins i tot massa. El sostre era molt alt i estava ennegrit pel fum d'espelmes i llànties. L'ambient general era trist i sense encant. Les escasses peces del mobiliari, pobres i discordants, semblaven perdudes i a la deriva en la immensitat de l'estança. El llit no feia l'efecte de ser gaire confortable.

Malgrat tot, es notava que la senyora s'havia esforçat a donar al conjunt un aspecte habitable. Damunt d'una taula hi havia un rentamans i una gerra plena d'aigua, juntament amb un drap de lli, per a la neteja diària. En un racó, hi dormia un braser de mida mitjana. L'únic armari era molt gran, desmesurat.

Tenia una gran finestra, tancada i amagada darrere d'una pesada cortina. Mentre l'enretirava, la dona va comentar:

—Als matins li entrarà molta llum.

L'habitació estava causant a Giovanni una impressió gèlida i desagradable. Però, en el tràngol en què es trobava, li convenia agafar-la. Així doncs, es va mostrar conforme amb el que veia i, tot seguit, es va interessar pel preu.

Les pretensions de la senyora eren realment moderades. Al jove li van plaure tant, que va insistir a pagar una setmana per endavant.

Ella li va dir que podia entrar i sortir quan volgués, sempre que no fos massa tard. Li va lliurar una clau de l'entrada, però li va demanar que s'abstingués de rebre visites i de fer sorolls a la nit.

—Tinc un son bastant profund —va explicar ella—, però si alguna cosa em desperta o m'espanta a plena nit, m'és molt difícil adormir-me un altre cop.

—No es preocupi —la va tranquil·litzar Giovanni, que es veia amb cor d'acceptar qualsevol cosa per tal de solucionar el seu problema d'allotjament—; no li donaré cap motiu de queixa, li ho asseguro.

—Això espero. M'ha semblat un bon xicot, vostè. Ve de gaire lluny?

—Sí, de Nàpols. Per cert, el meu nom és Giovanni.

—El meu, Alessandra.

A continuació, li va donar unes quantes explicacions domèstiques i, finalment, li va oferir:

—Si necessita res, seré a baix. No me'n vaig a dormir mai abans de les deu.

Quan es va quedar sol, Giovanni es va fixar en el finestral. Era l'element més interessant de l'habitació. Va descórrer la cortina i el va obrir. Donava a un pati ple d'arcs i estàtues, amb dues plantes porxades. De seguida es va recordar de l'imposant i majestuós edifici del costat. Estava veient una part del seu interior.

Semblava immers en l'abandó més absolut. Era tot silenci i foscor. No s'hi veia cap llum a través dels arcs i els finestrals; només la claror de la lluna atenuava el seu aspecte tètric. La companyia d'aquell *palazzo* deshabitat assegurava tranquil·litat per a l'estudi. Però no contribuïa a disminuir la mústia atmosfera de l'habitació, sinó que més aviat l'accentuava. Semblava com si la tristor del *palazzo*, enfilant-se pels murs, s'hagués introduït a l'estança fins a apoderar-se'n completament.

Giovanni va intentar foragitar aquelles impressions tan poc engrescadores. Es va apartar de la finestra i va pensar que tot seria molt diferent amb la llum del matí.

Li quedaven algunes restes de les provisions del viatge. Va regirar la bossa i hi va trobar un tros de formatge sec. El va estar rosegant una estona, amb desmenjament. No tenia gana; només estava cansat i li feia mal l'esquena.

Així i tot, li va semblar que encara era molt d'hora per ficar-se al llit. Va sortir de l'habitació amb la intenció de fer una ullada per la rodalia de la casa.

El corredor estava gairebé a les fosques. A més de la seva porta, n'hi havia quatre més, totes tancades, de les quals la senyora no li havia dit res.

Va baixar els esglaons guiant-se per una feble claror que venia de baix. Al vestíbul, hi cremava una llumenera. Abans de travessar la porta del carrer, es va acomiadar.

La veu d'Alessandra, llunyana i tènue, li va arribar des del fons de la planta baixa. Però la dona no va treure el cap.

Quan va ser al carrer, Giovanni va voler observar amb deteniment el solitari *palazzo*. Era l'edifici més antic dels voltants. La casa on s'allotjava i les que hi havia a prop havien estat construïdes posteriorment. No calia ser un entès per adonar-se'n. El *palazzo* tenia tres façanes senceres a la vista. La quarta quedava estranyament interrompuda per l'edifici de la senyora Alessandra. La porta principal, com va comprovar de seguida Giovanni, era a l'altra banda. Allà la xarxa de carrerons s'obria a una placeta.

Sobre el pòrtic, un escut d'armes gravat en pedra ressaltava en la penombra. El jove estudiant es va imaginar que devia pertànyer a una família extingida o els membres de la qual s'havien dispersat completament. Altrament, no es podia explicar l'estat de deixadesa extrema que oferia aquell *palazzo* tan sumptuós.

De sobte, un trepig el va alertar. Una figura avançava cap a ell fent tentines des de la solitària foscor de la placeta.

Giovanni es va girar per no donar l'esquena al desconegut, ja que encara no sabia si constituïa o no una amenaça.

Era un home brut i espellifat. L'embriaguesa era la causa del seu pas vacil·lant. A la seva boca hi havia dibuixada una ganyota desagradable.

—Van bufar mals vents sobre aquesta casa —va dir el desconegut, assenyalant el *palazzo* amb un moviment del cap i mostrant les seves genives esdentegades—. Ara és un lloc mort. Val més no acostar-s'hi gaire —va assegurar, allargant la mà a la recerca d'almoina, com si en fos mereixedor per la informació que havia donat.

Durant un moment, Giovanni va acariciar la idea de demanar a aquell home dades més concretes amb relació al *palazzo*. Però de seguida va pensar que només n'obtindria exageracions i disbarats.

Va eludir la mà que li apuntava al pit com una arma i se'n va anar d'allà, caminant ràpidament carrer avall.

La veu de l'embriac va començar a proferir improperis, després dels quals va sonar una riallada gutural. Giovanni, amb el seu trepig, va emmudir l'aspre ressò d'aquell riure.

El lligall desaparegut

L'EMINENT PROFESSOR Giacomo Amadio avorria les modes masculines de l'època. Mai no havia pogut suportar les perruques empolvorades, i detestava embotir-se els panxells en mitges blanques. A diferència d'altres professors, vestia sempre la negra toga de catedràtic, que accentuava el seu aspecte sever i un xic demacrat.

L'únic ornament que cuidava era la barba, ja cendrosa, que duia retallada acuradament. Fora d'allò, no s'amoïnava pel seu aspecte. Creia en secret que un cert desendreçament li donava la imatge adequada.

—Arriba amb cinc dies de retard, Conti —va retreure a Giovanni, amb asprор, quan el noi es va presentar al seu despatx—. Espero que podrà justificar aquest començament tan dolent. Aquí no donem ni un sol dia per perdut; tots han de ser profitosos, des del primer fins a l'últim. Qualsevol absència, si no té uns motius sòlids i demostrables, és considerada com una falta greu. Expliqui's.

Amb una mica de vergonya, Giovanni va referir les circumstàncies familiars que havien endarrerit la seva sortida de Nàpols, així com diversos contratemps en ruta que havien incrementat encara més el seu retard. Abans de donar per acabades les justificacions, va afegir:

—Em va costar molt convèncer els meus pares de la gran utilitat que tindria per a mi aquest viatge. Malgrat totes les seves objeccions, ho vaig aconseguir. Sóc aquí i em considero afortunat.

Amadio va aprovar en silenci aquelles paraules i, tot seguit, va preguntar d'una manera una mica més amable:

—Ha tingut problemes per trobar allotjament?

—Al començament, sí, però he estat de sort. Una senyora em va llogar una habitació a casa seva.

Amadio va arquejar les celles, interessat.

—Una senyora?

—Gran —va dir Giovanni, com si calgués aclarir-ho.

—On és aquesta casa?

—Encara no sé com es diu el carrer. És una mica lluny, al costat d'un *palazzo* on no viu ningú.

—Un que té tres façanes senceres, una de les quals dóna a una placeta?

—Sí, professor.

—No pot ser cap altre. És el *palazzo* Balzani; actualment deshabitat, és ben cert. Està caient a trossos. És una veritable llàstima. I l'altre edifici hi està gairebé ficat a dins. Ja sé quin és. No hi he entrat mai, però em puc imaginar aquesta habitació. Molt alegre no deu ser, però sí espaiosa i ventilada, i sense sorolls de cap mena, oi?

—Al matí està molt il·luminada —va contestar Giovanni evasiu.

—Bé, Conti, sigui vostè benvingut, malgrat el retard. Ara coneixerà els seus companys. Avui el grup al qual vostè pertany farà una primera visita a la biblioteca de la universitat. Confio que aquest començament serà del seu grat.

—Naturalment que ho serà, senyor catedràtic.

A Giovanni el va sorprendre constatar que en el curs hi havia una estudianta. Era un fet tan poc habitual, que li va cridar poderosament l'atenció.

Es deia Lena. No era especialment bonica a primer cop d'ull, però tenia un aire que resultava atractiu. Amadio la va presentar amb tota naturalitat, sense cap comentari específic.

El grup estava format per un total de catorze estudiants, incloent-hi Giovanni. Nou eren de Pàdua: vuit nois i Lena; la resta venien de Venècia, Brescia, Verona i Ferrara. Giovanni era el que procedia de més lluny.

Un cop acabada la breu presentació, Amadio va conduir el grup a la biblioteca. Els va anar explicant les diverses seccions de què constava, els criteris de classificació dels volums i la distinció entre els que es podien consultar lliurement i els que requerien un permís especial. També es va referir als exemplars considerats intocables, atès el seu gran valor i antiguitat, o perquè eren excessivament fràgils.

Després van passar a l'arxiu històric, que es trobava en una sala contigua.

—Aquí és on vostès faran més sovint els seus exercicis —va dir el catedràtic—. En aquest lloc hi ha guardats importants documents de la història de Venècia i de Pàdua. Una part encara està per classificar —va anunciar, assenyalant unes piles de pergamins i papers que hi havia damunt d'unes taules incrustades amb plaques de nacre—. Vostès s'encarregaran de fer-ho i, així, practicaran. Els serà molt profitós, i també a la universitat.

Tot seguit va detallar els diferents tipus de documents presents a l'arxiu, indicant exactament els prestatges on eren. Un d'ells contenia material relatiu a les famílies paduanes més rellevants.

Amadio va concedir un breu descans. Els components del grup van sortir a un dels claustres, on hi havia un gran nombre d'estudiants d'altres disciplines. Es van formar rotllanes barrejades. Cadascú anava a la seva. Giovanni va quedar una mica arraconat. Tenia un tarannà més aviat tímid i reservat. Li costava entaular una conversa d'una manera espontània, per la qual cosa va passejar mentre observava. Lena continuava desvetllant la seva curiositat. La mirava a distància. Estava envoltada de nois, i no semblava que aquella aclaparadora majoria de companys masculins la cohibís.

Giovanni es va fixar en un altre noi que es veia desacompanyat com ell. Pertanyia al seu curs. Va intuir que també era tímid, i allò el va empènyer a parlar-li.

—Si no recordo malament, tu ets en Paolo, de Ferrara.

—Tens bona memòria —va dir l'altre, agraint que Giovanni hagués pres la iniciativa d'adreçar-li la paraula.

—Quan vas arribar?

—Fa gairebé una setmana.

—I on t'estàs?

—A la fonda Veneciana. Som quatre a l'habitació; els altres són de medicina. Tenen flascons amb òrgans, i els agraden les bromes macabres. L'ambient no és gaire agradable, que diguem.

—Jo vaig trobar lloc en una casa particular, a un preu molt barat.

—Doncs et pots considerar afortunat. La Veneciana és un tuguri.

Un cop de tornada a l'arxiu històric, el professor Amadio va proposar una primera activitat pràctica.

—Encara que sigui molt per sobre, vostès ja coneixen les diferents possibilitats que aquest lloc els ofereix. Ara farem una prova per veure com s'hi orienten. Serà la millor manera d'anar-se exercitant en el maneig dels documents. Cadascun escollirà un tema i mirarà com pot localitzar elements de suport o referència per dur a terme una hipotètica investigació històrica. No cal que els digui que han de tornar al seu lloc tot el que hagin agafat. El seu pas per aquí no ha de ser motiu de cap cas de pèrdua o incorrecta situació dels documents. Això és fonamental. Bé, ja poden posar fil a l'agulla. Al final de la sessió, comentarem les dificultats amb què hagin topat.

La proposta va agafar Giovanni desprevingut. L'arxiu històric encara li semblava un laberint. La sola idea de posar-se a furgar entre els milers de carpetes i lligalls l'aclaparava.

Els seus companys també semblaven desconcertats. Però la incisiva mirada d'Amadio va fer el miracle. A poc a poc es van anar escampant pels passadissos i les prestatgeries. O ja sabien què fer, o ho feien veure. Giovanni es va dir que no es podia quedar allà, dubtós. Allò causaria una mala impressió al catedràtic. De seguida se li va acudir un tema de recerca que podia ser interessant.

Balzani era el nom del *palazzo* deshabitat. De segur que trobaria informació sobre les successives generacions d'aquell cognom als prestatges dedicats a les famílies paduanes més importants.

Va buscar al fitxer general, i la indagació va donar fruit. A l'arxiu hi havia documentació relativa als Balzani: prestatge 3, volum 6-B, lligall 16.

Es va alegrar que cap dels seus companys no fos a la vora de la prestatgeria en qüestió. Amadio se n'acabava d'anar. Segurament no tornaria fins al cap d'una bona estona. Giovanni preferia que ningú no sabés què es disposava a investigar.

Tot plegat, però, es va reduir a un propòsit no consumat. El lligall Balzani no era al seu lloc. El buit que la seva absència havia deixat saltava a la vista: feia més de sis dits d'ample.

Giovanni va tornar a mirar el fitxer. No hi figurava cap anotació que justifiqués l'absència del lligall. Per consegüent, segons les normes de l'arxiu històric, havia de ser al prestatge 3/6-B. Però no hi era. I Giovanni no es podia ni tan sols imaginar la causa de la seva desaparició.

Una finestra hipnòtica?

GIOVANNI VA TORNAR a la seva cambra després de mitja tarda. Estava força cansat. La primera jornada a la universitat havia estat més esgotadora que no es pensava.

Malgrat les ganes de deixar-se caure al llit, va obrir la finestra. A la claror minvant del capvespre, la vista no era més alegre que a plena nit. Encara es feien més evidents l'atmosfera mortuòria de l'interior del *palazzo* i l'aire desemparat de les seves estàtues.

Amb tot, es va quedar contemplant aquell pati desolat, on no s'aventuraven a baixar ni els ocells. Aquella visió tenia quelcom que el fascinava. No ho podia evitar.

Va acostar a la finestra l'única butaca de l'estança i s'hi va asseure. Mirava el *palazzo* abstret, com si no pensés deixar mai de contemplar-lo. Sentia una pau remota, estranya.

Semblava que el temps s'hagués aturat. Tot estava quiet i mort. Només la lenta retirada de la llum diürna impedia l'estaticisme complet. El capvespre cedia a poc a poc el seu lloc a la nit en un trànsit carregat de presagis i secrets.

Giovanni es trobava en un estat semblant al d'un hipnotitzat: tota la seva voluntat estava sotmesa a l'influx de la imatge del *palazzo*.

Uns cops que van sonar a la porta el van espantar. Li va semblar com si els sentís a l'esquena, però el van ajudar a sostreure's a l'estranya influència que l'havia captivat.

Era la senyora Alessandra qui trucava. Portava un manat d'espelmes a la mà. Les hi volia donar. A Giovanni li va semblar que l'actitud de la dona era freda i distant.

—Està a les fosques? —va preguntar ella, inspeccionant l'interior de la cambra amb els ulls i fixant-se especialment en la finestra oberta.

—Estava descansant —va replicar el jove de manera ambigua.

La dona va fer un pas endins i va observar el llit intacte. Després, amb veu inexpressiva, va preguntar:

—Es va acostumant a l'habitació?

Giovanni es va limitar a explicar:

—He dormit bé. No m'hi he sentit estrany, al llit.

—Es fa tard. No pensa sortir a sopar?

—Estava a punt de fer-ho —va mentir el napolità.

—Tanqui la finestra abans d'anar-se'n. La fresca de la nit és molt traïdora: es fica als ossos.

—No me n'oblidaré —va assegurar Giovanni, impacient per quedar-se una altra vegada tot sol.

Tan bon punt ella es va retirar, el jove es va afanyar a tancar la finestra. No ho va fer solament per evitar que l'habitació es refredés; volia esborrar els negres perfils del *palazzo.*

El gruix de la cortina va amagar la hipnòtica imatge.

Podia anar a sopar a la fonda Veneciana, encara que no hi estigués allotjat. Però aquella nit no li venia de gust seure a taula amb altres estudiants. Va caminar a la ventura pels carrerons, a la recerca d'algun lloc barat on menjar en solitari.

No va trigar a trobar-ne un. Era un local bastant brut on uns quants homes bevien en silenci. Hi va ocupar una taula apartada. No acostumava a beure vi, però en va encarregar una gerra amb la vianda.

La sopa estava aigualida, i hi havia espines de peix. El

guisat de pollastre trossejat no va ser gaire millor: era greixós i fat. Mentre anava mastegant amb un fàstic que li creixia per moments, es va adonar que els parroquians i el taverner, taciturns i reconcentrats, el miraven de tant en tant. Aquell ambient apagat contrastava amb la gatzara i el guirigall que regnaven a les tavernes de Nàpols.

La freqüència de les mirades el va començar a incomodar. Aquells individus li clavaven els ulls gairebé descaradament. Si Giovanni els aguantava la mirada, la desviaven. Però al cap de poca estona tornaven a fitar-lo.

Es va preguntar quina podia ser la raó d'aquella curiositat envers la seva persona. El seu aspecte de foraster, simplement? No li semblava un motiu prou clar.

Va refusar les postres i va pagar el que devia. Va escurar un últim got de vi i s'afanyà a sortir al carrer. Fins al darrer moment va notar aquelles mirades a l'esquena.

Tot i que l'aire de la nit li va provar, va notar que el vi, en comptes d'apaivagar-lo, li havia excitat la part insana de la imaginació. Errant pels carrerons es va adonar de com li era d'ingrat haver d'anar a tancar-se a la seva fúnebre habitació.

Va pensar a allargar la caminada per deixondir-se. Després va reaccionar contra la seva indecisió. Es va dir que no hi havia cap motiu per retardar la tornada. Li convenia anar a dormir d'hora i descansar. La segona jornada a la universitat seria com a mínim tan dura com la primera.

Quan només li faltava una curta tirada per arribar a la casa, va sentir un trepig darrere seu, a poca distància. Els carrers estaven molt solitaris. En tot el camí no havia vist ningú.

Va continuar caminant sense exterioritzar la seva preocupació. Era conscient que una actitud temorenca podia encoratjar un assaltant que dubtés entre atacar-lo o no.

Tens i en estat d'alerta, va arribar davant de la porta de la senyora Alessandra. Mentre feia girar la clau al pany, es va tombar. Un home s'acostava. El va reconèixer per la vestimenta: era un dels que l'havien estat observant a la taverna.

No en va voler esbrinar res més. Va entrar i va tancar la porta ràpidament. No estava preparat per a trobades de cap mena. Els passos de l'altre es van allunyar, molt a poc a poc.

Giovanni va escrutar les tenebres de la casa. Al vestíbul, hi cremava un petit llum d'oli que amb prou feines il·luminava. Al dessota d'una porta, al fons d'un passadís molt fosc, s'hi veia claror. Encara no era gaire tard. La senyora devia estar llevada.

El jove va avançar pel corredor, per dir bona nit a l'amfitriona abans de ficar-se al llit.

Va tustar suaument a la porta de l'habitació on hi havia llum. Ningú no va respondre. Va tornar a trucar més fort. Tampoc no hi va haver resposta.

—Senyora Alessandra? —va preguntar en un to prou elevat per fer-se sentir a través de la porta.

Les dues paraules van ressonar. Va empènyer la porta a poc a poc, amb una frase de disculpa. Només volia ser amable.

Era una sala sòbriament moblada. El foc de la llar s'estava apagant. Els tions que l'alimentaven eren troncs de cendra plens de brasa. Damunt d'una taula, hi resplendien les tres espelmes d'un canelobre. La senyora, però, no hi era.

Giovanni va sortir un altre cop al passadís i va deixar la porta com l'havia trobat. Encara va pronunciar el nom de la dispesera un parell de vegades més davant de dues portes tancades.

Convençut que aquella no era la seva nit, va desistir del seu propòsit.

«Val més que me'n vagi a dormir. Demà serà un altre dia», es va dir.

Amb el llum del vestíbul es va il·luminar mentre pujava

a l'habitació. La cortina de la finestra estava tirada, tal com ell l'havia deixat. En va desviar la mirada, decidit a deixar-la com estava. No havia oblidat l'estrany trànsit del capvespre. Es va prometre que no recauria en aquella fascinació desmesurada.

Frisant per descansar, es va despullar de pressa i es va ficar a dins del llit.

El son no el va fer gruar gaire. Però dormir no va comportar la pau, ja que va somiar de valent.

Després, quan es va despertar, no va recordar res.

La carta inacabada

DURANT LES JORNADES següents, Giovanni es va concentrar al màxim en les classes i les sessions pràctiques del professor Giacomo Amadio. A més, va fer un esforç complementari per compensar els dies perduts i posar-se al corrent de tot.

La intensitat de les seves ocupacions d'estudiant el va ajudar a allunyar el *palazzo* del seu pensament. Només va comprovar que el lligall dels Balzani continuava absent de l'arxiu històric. Fora d'allò, s'havia imposat la consigna de desentendre's de qualsevol preocupació que no tingués relació amb el curs. S'havia repetit insistentment que aquell *palazzo* no era més que un dels nombrosos edificis antics en desús que hi havia a tota la península.

Només en un aspecte no va reeixir a tranquil·litzar-se: la seva amfitriona li inspirava una vaga desconfiança. La veia poques vegades, i sempre fugisserament. Semblava que ella l'eludís, com si li amagués alguna cosa.

Giovanni havia anat agafant confiança amb alguns dels seus companys de la universitat. Lena i Paolo eren els seus preferits. Només a ells els havia dit alguna cosa de les seves primeres impressions en ocupar la cambra. D'entre els alumnes d'Amadio, un cert Giorgio era el que li feia menys gràcia. Pertanyia a una família rica de Pàdua. Amb una vanitat antipàtica, no parava de repetir, quan el catedràtic no el podia sentir, que seguia aquell curs per gaudir una mica més dels avantatges i les diversions de la vida d'estudiant, ja que el seu destí era succeir el seu acabalat pare en la direcció dels negocis familiars.

Giovanni sempre l'evitava i veia amb satisfacció que Lena també el defugís, tot i que ell l'assetjava descaradament, creient-se prou atractiu per merèixer la seva atenció.

Tot es desenvolupava amb una normalitat més que acceptable quan, un divendres cap al tard, Giovanni va fer un descobriment que va modificar el curs dels esdeveniments.

Va passar d'una manera fortuïta. Un dels calaixos de l'armari de la seva habitació tenia trencat el llistó del fons. A causa d'allò, dos llibres havien caigut darrere i en dificultaven el tancament.

Per poder agafar els volums, Giovanni va treure el calaix. Aleshores es va produir la inesperada troballa: uns fulls doblegats pel mig van quedar a la vista.

Es tractava d'una carta amb una data de deu dies enrere.

Giovanni va deduir que la missiva havia estat escrita per l'home que s'allotjava en aquella habitació abans que ell arribés a Pàdua.

Va buscar la part final de l'escrit per saber el nom del signant. No l'hi va trobar. La carta estava inacabada. L'últim paràgraf deia el següent:

> *No m'agradaria acabar sense explicar-te, per al meu alleujament, algunes altres circumstàncies que tenen relació amb tot aquest misteri. Però la claror que entra per la finestra ja es va esmorteint, i ara haig d'anar a trobar una persona que potser em podrà aclarir els dubtes que em contorben. Més tard et continuaré escrivint, a la claror del canelobre.*

Aquells mots van empènyer Giovanni a llegir la carta des del començament. Tenia el pressentiment que el misteri de què es parlava en aquelles ratlles estava relacionat amb la mansió dels Balzani.

Estimada germana,

Ja feia uns quants dies que et devia una carta. Un seguit de circumstàncies anormals, de les quals ara t'assabentaràs, n'han estat la causa. Confio que no arribaran a alarmar-te. Sempre has sabut de tots els meus petits secrets i experiències. No puc fer una excepció en aquest cas. A més, serà reconfortant compartir amb tu, encara que sigui a distància, els temors que m'estan angoixant.

Et faràs creus que a la meva edat, i havent viatjat tant per aquests mons de Déu, em pugui sentir atemorit per un ambient tètric. Doncs, per més estrany que et sembli, aquesta és la situació en què em trobo. Sense donar-hi gaire importància, a la darrera carta et parlava de certes sensacions que m'havien assaltat mentre somiava en aquesta habitació. Doncs bé, no solament s'han repetit, sinó que han augmentat. I ja no únicament en somni. Em sento ridícul admetent-ho, però no sóc capaç de dominar-les.

Tu em coneixes bé; millor que ningú. Saps que no he donat mai ni el més petit crèdit a les supersticions i a les fantasies irresponsables. Més aviat he pecat sempre del contrari. Sovint m'he mofat d'aquelles persones que, per ignorància, creuen entreveure presències espectrals en qualsevol indret fosc i solitari. No m'havia sentit mai sota influències estranyes en cap dels llocs on he viscut, tot i haver estat en alguns de molt apropiats per provocar tota mena d'idees macabres.

No és pas que aquest sigui l'estatge més tètric de tots els que he conegut. Tanmateix, ha estat aquí on he experimentat l'anguniosa sensació de no estar sol, encara no hi hagi ningú més amb mi. (Vull dir ningú més del món dels vius, és clar.)

Potser pensaràs que la duresa dels meus estudis és la culpable que les meves facultats s'hagin afeblit. Tan-

mateix, t'asseguro que res del que em passa no és atribuïble ni al cansament ni a l'edat. D'això sí que n'estic convençut.

Crec que aquestes sensacions tan estranyes obeeixen al depriment veïnatge de la mansió dels Balzani. Temps enrere, entre els seus murs, s'hi van produir una sèrie de fets penosos i tràgics. Van deixar una mena de llegenda, és cert, però pertany al passat. Res del que aquí va succeir, i que només conec en part, no m'hauria d'influir ara a mi de cap manera. I, no obstant això, es diria que m'afecta, contra tota raó i tota lògica.

Et confesso que m'amoïna la idea d'haver de passar encara uns quants mesos en aquesta habitació. Si no fos perquè em semblaria una covardia i una traïció als sensats principis en què sempre m'he recolzat, cediria als meus impulsos i buscaria demà mateix un altre allotjament a Pàdua.

Vull creure que la fermesa i el seny s'imposaran, a l'últim, a tota suggestió, però si t'haig de ser franc, com més va menys hi confio.

Giovanni va arribar al darrer paràgraf. El va rellegir i va deixar a un costat la carta inacabada.

Sense poder evitar-ho, va mirar amb desconfiança cap a tots els racons. L'anterior ocupant de l'estança, un home experimentat, lliure de creences supersticioses, havia advertit alguna cosa anormal en aquella habitació.

I encara més: havia abandonat la casa i Pàdua de forma inesperada, després de la interrompuda redacció d'aquella carta.

El jove napolità es va començar a neguitejar. Aquella lectura no li augurava res de bo. Va notar que el pèl se li eriçava.

El fet mateix que la carta hagués quedat inacabada i per enviar era molt revelador. Resultava sospitós i estrany.

L'home havia escrit que anava a entrevistar-se amb algú. Qui podia ser aquella persona? S'havia produït la trobada o alguna cosa l'havia frustrat? Per quina raó s'havia lliurat al que semblava una fugida sobtada?

Tot el que havia passat després de la redacció de la carta constituïa un misteri. I també moltes de les coses que havien succeït abans.

Giovanni no va voler cloure els ulls i escudar-se en la confiança que tot plegat només eren imaginacions injustificades. No tenia sentit esforçar-se a ignorar que allà hi havia alguna cosa estranya.

Sobtadament ansiós d'acció i d'elements de judici, va amagar la carta, es va posar el capot d'estudiant i sortí de l'estança.

Necessitava saber com més aviat millor quina llegenda planava sobre la vella mansió dels Balzani, perquè estava segur que el *palazzo* era l'origen de totes aquelles pertorbacions inquietants.

La maledicció de l'astròleg

GIOVANNI CAMINAVA decididament pels mullats carrers de Pàdua.

A la senyora Alessandra no li havia volgut fer cap pregunta. No li semblava possible que ella ignorés que a l'habitació que llogava hi passava alguna cosa. I, tanmateix, callava. Cada vegada li inspirava més desconfiança.

L'estudiant anava a la recerca d'una persona determinada. Li semblava la més escaient per sortir de dubtes. Encara que seria difícil parlar-hi en aquell moment.

A la casa de Lena es veia llum a la planta baixa. Tota la família devia estar aplegada al voltant de la taula. Era l'hora de sopar. Calia esperar.

Giovanni sabia quina era la finestra de l'habitació de Lena. Es trobava a la segona planta. Es va quedar pels voltants de l'edifici, atent i a l'aguait. Havia plogut, però per sort ja escampava.

Al cap d'una bona estona, va veure moviment de llums en aquella finestra. L'ocasió favorable s'acostava. Les lluors de seguida es van immobilitzar. Més tard, van desaparèixer. Lena es disposava a dormir.

Giovanni va tirar unes quantes pedretes als vidres emplomats. Com que la primera temptativa no va donar fruit, va repetir l'operació dues vegades més, resant perquè no passés ningú per allà en aquell moment. Lena, recelosa, va entreobrir la finestra. Giovanni es va afanyar a fer-se sentir, ja que, amb la foscor que regnava al carrer, era impossible que el reconegués.

—Sóc jo, en Giovanni Conti.

—Què hi fas, aquí? Què passa? —va preguntar ella, molt sorpresa.

Xiuxiuejant, per por que no el sentissin els altres habitants de la casa, el jove va dir:

—T'haig de preguntar una cosa.

—Parla una mica més alt; no et sento.

Giovanni es va arriscar a alçar la veu:

—Vull que m'expliquis una cosa. Ara mateix, si pot ser. Pots baixar?

—Tanta pressa et corre?

—Sí, sisplau. Serà poca estona.

Lena, encara sorpresa, dubtava. Giovanni vigilava les altres finestres de la casa. Tenia por que no s'obrissin totes de cop, deixant veure una munió de familiars enutjats.

—D'acord —va accedir ella finalment—. Vés a la porta del darrere. Ho intentaré. Però t'hauré de deixar de seguida. És molt tard, i no vull que els meus pares se n'adonin.

—Gràcies. T'espero allà.

Giovanni va anar fins a la part posterior de l'edifici. S'hi va apostar, mig amagat com un lladre. Ella no es va fer esperar gaire. S'havia vestit molt de pressa. Un mantellet li tapava les espatlles. Va sortir silenciosament, com si ella també tingués por d'un brusc esclat de la veu paterna, i va dir a l'estudiant a cau d'orella:

—No m'havien tret mai així de casa. Què caram et passa?

—Parla'm del *palazzo* Balzani. Digue'm tot el que en sàpigues, el més important.

—Estàs molt estrany. Com és que t'interessa tant, de cop i volta?

—Ja t'ho explicaré després. Ara m'agradaria escoltar-te.

—Caminem una mica. Aquí, tan a prop de casa, acabarem cridant l'atenció.

Es van allunyar carrer avall. Lena posava en ordre les seves idees. A tall d'introducció, va dir:

—Corren tants rumors sobre el *palazzo* Balzani i Beatrice, la que no morí mai!

—La que no morí mai? —va repetir Giovanni, amb un xic de preocupació a la veu.

—No deus creure en fantasmes, oi? —preguntà Lena.

—No, és clar —va replicar el jove, no gaire convençut.

—Com diu el professor Amadio, quan els fets no són gaire clars o no es coneixen, apareix la llegenda. I les llegendes no tenen fre.

—Quins són els fets no gaire clars del *palazzo*?

—Els Balzani van ser els banquers més poderosos de Pàdua. Amb el temps, van ser acusats de cometre abusos greus: usures, extorsions, actuacions despietades... No es van aturar davant de res. Van ser els causants de la ruïna i la desgràcia de moltes persones. I es van enriquir de valent, és clar.

—De moment és una història de tantes. A Nàpols també es van donar casos com aquest.

Lena, en un to més confidencial, va continuar:

—Sí, però als Balzani els va arribar la decadència. Ja et deus haver adonat que el *palazzo* està abandonat.

—Naturalment. Què va passar?

—La conducta dels banquers Balzani va encendre rancúnies i desitjos de venjança i, a més, els va valer una maledicció, tot i que ells no hi van donar importància. Van titllar de boja la persona que els la va llançar.

—I qui ho va fer? —va voler saber de seguida Giovanni, cada cop més interessat.

—Era un astròleg que tenia fama de bruixot. Va morir fa molts anys. No recordo com es deia. Es considerava greument perjudicat pels Balzani.

—En què consistia la maledicció? —va preguntar el napolità, amb un lleu indici de por a la veu.

—Profetitzava que la nissaga dels Balzani quedaria esborrada de la faç de la terra abans que passés gaire temps. Va dir també que l'últim dels seus membres moriria en la més absoluta misèria i que al seu funeral només hi anirien, a més de l'enterramorts, uns gossos vagabunds.

—Va dir res del *palazzo?*

—Sí, que quedaria com la penosa residència de les ombres, maleït i abandonat.

—Això últim sembla que s'ha complert a bastament. I la resta?

—Es podria dir que també. Gairebé tot. Els Balzani van patir seriosos revessos de fortuna i, a l'últim, van ser víctimes dels seus propis abusos i extorsions. Uns altres especuladors encara més ambiciosos que ells els van dur a la bancarrota. I la família es va anar extingint. El seu últim descendent va ser Beatrice. Amb ella va acabar tot. I amb ella va començar la llegenda. Tenia una estranya malaltia que li produïa somnolència. De vegades dormia unes quantes setmanes seguides. Li havien de donar el menjar mentre estava adormida. Ella era incapaç de salvar les restes dels béns dels Balzani. El servei van anar marxant. L'antiga esplendor es va convertir en decadència. Va conservar el *palazzo*, però els creditors se'n van endur la majoria de mobles i efectes. Vivia en un gran edifici, però en la misèria. Al final es va quedar sola amb dues velles criades que, per compassió, la continuaven cuidant. Malgrat tot, diuen que Beatrice, als quaranta anys, encara semblava una donzella. La malaltia de la son la va conservar estranyament jove a desgrat de tots els sofriments.

—Per què li diuen «la que no morí mai»?

Lena es va aturar. Al carreró fosc i solitari la seva veu acompanyava el degoteig de les gàrgoles.

—Això és la part de llegenda. Pel que es va dir, un bon dia va desaparèixer misteriosament.

—Es podia valer per ella mateixa?

—No, i això és el que va fer més estrany el cas. Però no hi va haver mai cap prova de la seva mort. Oficialment encara és considerada com a desapareguda. I ja han passat més de cent anys.

—Què van dir les dues velles criades?

—Elles van donar l'alarma quan es va produir la inexplicable desaparició. No van poder aclarir res més. Ja eren molt grans. Poc després, van morir totes dues. —Lena es començava a impacientar. Llavors va dir:— Tornem-nos-en. Si a casa descobreixen que he sortit a aquestes hores, no sé pas què passarà.

Van emprendre la tornada. Giovanni va decidir aprofitar tota l'estona que li quedava i, infatigable, va continuar preguntant:

—Quins rumors han circulat amb relació al *palazzo* des que Beatrice va desaparèixer?

—Tots els que et puguis imaginar: que ella hi ha tornat com un fantasma i es passeja algunes nits per les solitàries estances; que jeu adormida, encara jove com una donzella, en alguna cambra subterrània de l'edifici; que a causa de la maledicció no pot descansar enterrada i vaga eternament pel món... Molts contes de la vora del foc la presenten com un ésser d'ultratomba, desitjosa de venjar-se dels vius. També n'hi ha que diuen que l'han vist aparèixer algun cop per les finestres del *palazzo* amb un aspecte cadavèric espantós. Ja saps com són algunes persones. I ara —va dir ella, canviant de to—, suposo que em diràs per què de cop i volta t'ha agafat la mania de conèixer aquesta vella història. Només perquè vius allà, o és que et tiren aquestes coses?

—He trobat una carta de l'home que va ocupar abans que jo l'habitació on m'estic ara. Se'n va anar de Pàdua tot d'un plegat, precipitadament.

—A veure, explica —va demanar Lena, interessada.

Giovanni li va detallar el contingut de la carta. Va mirar

de fer-ho d'una manera neutra, sense demostrar que l'havia impressionat.

—Vés a saber si aquest home estava gaire serè quan va tenir aquestes sensacions —va objectar ella, escèptica—. No se'n pot fer gaire cas.

—No, és clar —va dir de seguida Giovanni—. Però m'ha despertat la curiositat... literària. Pot ser un bon tema per inventar una trama.

Ja eren un altre cop davant de la casa de Lena. Aparentment res no donava a entendre que l'haguessin trobat a faltar. Abaixant encara més la veu, ella es va acomiadar:

—T'haig de deixar. I, quan et piqui una altra curiositat, pren-t'ho amb més calma, entesos?

Lena va entrar furtivament a la casa. Giovanni va continuar caminant pels humits i foscos carrers. Tot el que havia sentit havia revifat els seus presagis respecte al *palazzo* i l'habitació que ocupava. Hi tornava com a un lloc de mal averany.

Va fer una gran marrada per retardar l'inevitable moment. Es va dir moltes vegades que no es podia deixar impressionar per cap carta ni cap llegenda. Així i tot, no va aconseguir tranquil·litzar-se.

Quan va entrar a l'habitació, cansat de tantes cavil·lacions, una cosa li va cridar l'atenció i el va fer posar en guàrdia. La finestra estava entreoberta. Recordava haver-la deixat ben tancada. I, malgrat l'aire que entrava, l'ambient estava impregnat d'una olor de cera.

Era impossible que aquella flaire s'hagués conservat des que ell havia sortit d'allà. Algú, no feia gaire estona, havia encès una espelma a l'estança. Giovanni va pensar de seguida en Alessandra.

Quan tancava la finestra, li va venir a la memòria la carta inacabada. Va anar de seguida a comprovar que encara es trobava on l'havia amagat. Era allà. Però un detall el va fer sospitar.

D'entrada no se'n va adonar, però després va descobrir de què es tractava: la carta estava doblegada de forma que la cara escrita quedava a la vista, i ell estava convençut que ho havia fet a l'inrevés, com tenia per costum.

Ple de suspicàcia, es va ficar al llit. Va prendre la decisió d'amagar la carta en un altre lloc, fora de la casa.

Un gran nombre d'interrogants planaven damunt seu; cada cop més pròxims, més inquietants.

La cara de Beatrice Balzani

—ENS PODRIA DIR VOSTÈ en què està pensant, Conti? —va preguntar de sobte el professor Giacomo Amadio.

La brusca interpel·lació va arrencar Giovanni de les seves meditacions. Durant uns instants es va oblidar dels misteris del *palazzo* Balzani.

—M'he distret un moment, senyor professor —es va excusar el napolità.

—Un moment? —va ironitzar Amadio, arquejant les celles—. S'ha passat tot el matí fent cara d'estar en una altra banda. No m'obligui a preguntar-li de què he estat parlant. Som a la universitat, no en una escola d'aprenents.

—No tornarà a passar, professor. Li'n dóno la meva paraula.

Tots s'havien girat per mirar-lo. Giovanni ocupava un dels últims bancs de l'aula. S'hi va asseure bé i va adoptar un aire atent i concentrat.

Amadio va prosseguir les seves explicacions. De tant en tant adreçava mirades inquisitives a Giovanni. El napolità salvava les aparences, però per dins continuava rumiant.

Aquell matí, en llevar-se després d'un son agitat, havia observat detingudament la cornisa que hi havia sota la seva finestra. Era la prolongació gairebé perfecta d'una de les del *palazzo*. Gairebé sense risc, avançant per allà, es podria introduir a la mansió Balzani. Només li faltava decidir si ho feia o no. I no parava de donar voltes al dilema que havia d'afrontar.

Quan les classes del matí van acabar, Lena es va acostar a Giovanni.

—Encara estàs interessat en la història del *palazzo?*

—Més o menys —va respondre ell, traient importància a la qüestió per no semblar que l'obsedia.

—Aquest matí he parlat amb la meva mare. M'ha explicat algunes coses molt interessants que jo no sabia.

—Ah, sí? —va exclamar Giovanni.

—La vols conèixer? —va preguntar Lena, ambigua.

—Et sembla necessari?

—No em refereixo a la meva mare.

—A qui, doncs?

—A ella, la Beatrice Balzani.

—Però, què dius! —va protestar el jove, com si hagués sentit un disbarat.

—Vine amb mi —va dir Lena, misteriosa.

Van sortir junts de la universitat. Caminaven molt de pressa. Giovanni va començar a comprendre la raó d'aquella celeritat quan van entrar a la galeria del Consell paduà. Allà hi havia una infinitat de quadres, que ocupaven tots els murs fins al sostre. Moltes de les pintures eren retrats.

—Beatrice va posar per a Flavi l'Eremita, un pintor del seu temps. A veure si endevines qui és ella; és aquí i ens està mirant.

Moltes cares els observaven dels quadres estant: nobles de posat sever, cardenals i bisbes, greus dignataris. Tota aquella gent quedava descartada.

Però el dubte persistia. També hi havia molts retrats femenins.

—Pren-te el temps que necessitis —va aconsellar Lena, com una còmplice no del tot incondicional—. I recorda:

ella va desaparèixer quan tenia poc més de quaranta anys, però sempre va tenir l'aspecte d'una noia.

Allò eliminava totes les dames madures i velles. Però encara quedaven una dotzena llarga de dones joves als retrats.

—Tu saps exactament quina és?

—Sí. Ho he sabut per la meva mare.

Giovanni no es volia precipitar, però frisava per esbrinar quin era el retrat de Beatrice Balzani. Observava Lena de cua d'ull per si de cas li donava alguna pista involuntària. No en va obtenir res. La noia mirava aquí i allà com si tampoc no sabés quina era la pintura incògnita.

Aleshores el napolità es va adonar d'un detall. Dues de les joves retratades s'assemblaven moltíssim, com si fossin germanes bessones. Fora d'allò, els vestits amb què havien posat eren diferents, i també discrepaven en l'estil del pentinat. Una de les noies oferia un aspecte tranquil i confiat, per bé que tenia una expressió una mica trista. L'altra, en canvi, presentava una mirada molt llunyana, i a la seva boca es dibuixava una ganyota d'amargor.

Giovanni va estar a punt de descartar-les, ja que era del domini públic que Beatrice no havia tingut cap germana, però va advertir un detall en aquells dos quadres que el va retenir davant d'ells.

Totes dues joves lluïen al pit un fermall de diamants. Es tractava d'una joia singular. En ambdós quadres era la mateixa, allò no admetia dubte. Se la podien haver prestat l'una a l'altra per posar, però...

L'estudiant va sospitar la veritat. Es va girar. Lena es trobava darrere seu. Somreia aprovadorament:

—Aquí no hi ha un retrat de Beatrice, sinó dos, oi?

—Molt bé. Ho has encertat. Els van pintar quan ella tenia vora setze anys. Però no al mateix temps. Entre l'un i l'altre hi ha una distància de gairebé un any.

Giovanni es va lliurar novament a la contemplació dels dos retrats. El que mostrava Beatrice amb la mirada estranya i la desolació als llavis era el que li cridava més l'atenció. Referint-s'hi, va preguntar:

—Aquest el van pintar en segon lloc. M'equivoco?

—No. Aleshores ella ja havia contret aquella estranya malaltia.

El conservador de la pinacoteca va entrar per acuitar-los:

—És molt tard; haig de tancar.

Quan van ser fora, Lena va dir:

—Ja has satisfet la teva curiositat?

—Sí —va contestar Giovanni d'esma, tot i que de fet li creixia per moments.

—Doncs hi ha una altra cosa.

—Un altre retrat en un altre lloc? —va etzibar ell de seguida.

—No. Un festeig frustrat. L'únic que ella va viure.

—Algú la rondava? —va preguntar Giovanni.

—Seria més exacte dir que l'assetjava. Beatrice va tenir un pretendent bastant carregós. Però va fer tard. Ella va caure malalta i no va estar mai en disposició de casar-se amb ningú.

—Qui va ser aquest incòmode aspirant a esposar-la?

—Un oncle llunyà. Un Balzani, però d'una branca familiar diferent, si bé també en extinció. Era un home molt gran, poc escaient com a marit. Somiava de salvar alguna cosa del patrimoni dels banquers Balzani abans que la ruïna fos total. Per això pretenia a la mà de Beatrice.

—Què se'n va fer, d'aquest parent?

—Quan va veure que els seus propòsits no es podien complir, va abandonar la idea, va desistir. Se'n va anar de Pàdua, i no se'n va saber mai més res. Això va ser molt abans que Beatrice desaparegués, és clar.

—Segurament l'únic que volia era apropiar-se les últimes restes de les riqueses dels Balzani.

—És la suposició més raonable —va coincidir Lena. Després va afegir com a matèria a part:— La meva mare també m'ha dit que qui coneix millor totes les llegendes del *palazzo* és una dona que viu a Pàdua.

Giovanni va preguntar immediatament:

—Que hi podria parlar?

—Tu? Millor que ningú.

—Per què?

—Vius a casa seva.

—La senyora Alessandra?

—Justa la fusta. Però no serà bufar i fer ampolles. Pel que sembla, no li agrada parlar de la qüestió. Si vols que te'n digui res, te l'hauràs de guanyar.

—Aquella dona no m'inspira gaire confiança. Es comporta d'una manera bastant rara. Em sembla que de vegades entra a la meva habitació d'amagat per tafanejar.

—Els que lloguen cambres a estranys ho acostumen a fer, això, per tenir sota control els hostes.

—En el seu cas em sembla que hi ha alguna altra raó.

—Doncs vés amb compte: té fama d'enigmàtica —va dir Lena finalment, agafant el camí de casa seva.

Aquelles darreres paraules van causar al napolità una impressió més aviat desagradable.

Petjades en una pols de molts anys

«QUAN LES COSES es veuen de prop i cara a cara, les suggestions estranyes s'esvaeixen», es va repetir per última vegada Giovanni aquella nit, abans d'emprendre la seva incursió per la cornisa.

Havia ficat un embalum a dins del llit per fer veure que dormia. El rondava la por que la senyora Alessandra no pugés a espiar mentre ell es trobava a l'edifici Balzani. Més que mai lamentava que la porta de l'habitació no tingués pany ni forrellat. Però no li va semblar aconsellable arrossegar mobles per immobilitzar-la, ja que el soroll hauria alertat la dispesera.

Va treure el cap a fora. El tranquil·litzava el fet que la seva finestra fos l'única de l'edifici que donava al pati del *palazzo*. Alessandra no el podria observar des de cap altra.

Assegut a l'ampit de la finestra, va repenjar els peus a la cornisa. Semblava molt sòlida, capaç d'aguantar-ne uns quants com ell sense cedir. Es va posar dret, agafat encara al marc de la finestra. Després, quan es va sentir segur i afermat, la va ajustar perquè des de dins semblés tancada.

La cornisa era tan ampla que fins i tot hi hauria pogut avançar de cara. Amb tot, per prudència, ho va fer amb l'esquena arrapada al mur. Malgrat que l'altura era moderada, es va estar de mirar avall, per no acovardir-se.

Concentrat en els seus moviments, va arribar gairebé sense adonar-se'n a la balustrada d'una de les galeries del *palazzo*. En un no res, i sense problemes, s'hi va enfilar i hi va saltar a dins.

Abans de penetrar a les tenebres de la mansió Balzani, va llambregar la seva finestra. Tot continuava tal com ho havia deixat.

Allunyant-se de la galeria i els finestrals, gairebé a les palpentes, es va introduir al *palazzo*. El silenci de l'edifici, dens i estrany, era opressiu. Però Giovanni s'havia fet el ferm propòsit de no apocar-se. Quan es va haver endinsat prou, va encendre un cul d'espelma que duia a sobre. La lleu claror no es podria veure de fora estant, encara que Alessandra tragués el cap per la finestra, cosa que creia poc probable. Confiava que l'embalum del llit faria el fet en cas de necessitat. Les enormes peces eren completament buides. La progressiva decadència econòmica de l'última Balzani havia obligat a anar venent mobles i d'altres objectes. I els pocs que havien quedat després de la desaparició de Beatrice de seguida havien esdevingut pastura dels creditors.

En companyia de la seva ombra, Giovanni va recórrer tot de salons i estances. Li feia l'efecte d'estar visitant les nues restes d'un naufragi, l'interior d'un vaixell saquejat feia molt de temps. No quedava ni rastre dels mobles, quadres, tapissos, catifes, cortinatges, llums, rellotges i objectes artístics que havien embellit aquelles peces en l'època d'esplendor dels Balzani.

Un mantell de pols, present a tot arreu, en constituïa l'únic i patètic encatifat. Allà no hi havia entrat ningú des de feia molts anys. Les úniques petjades que hi havia eren les que ell hi anava deixant. Se sentia el profanador d'un lloc vedat als mortals. Aquella idea li va produir una esgarrifança, i de sobte va mirar al seu voltant, com si temés descobrir-hi alguna presència esglaiadora.

Va davallar a la planta baixa. Allà el saqueig encara havia estat més ferotge. Fins i tot hi faltaven les portes, que havien estat arrencades dels marcs. Giovanni no havia pensat a proveir-se d'una base per a l'espelma. La cera fosa li degotava a la mà, fluida i càlida. Contrastava amb la gelor d'aquell ambient, que li anava glaçant l'ànima.

De sobte es va espantar: la flama de l'espelma obria a dreta i a esquerra dos corredors interminables. Va tenir l'anguniosa sensació que a tots dos costats el sotjaven figures desconegudes. Llavors va veure per primer cop els dos miralls venecians. Es trobaven l'un davant de l'altre, a les parets oposades d'una petita cambra. Giovanni estava situat entre tots dos.

Els miralls eren molt grans, d'una alçària superior a la d'una persona. Reflectien les coses d'una manera opaca, entelada. Estaven coberts d'una densa pàtina de pols i de brutícia.

Amb molta atenció, Giovanni els va anar mirant ara l'un ara l'altre. Tenien les mateixes dimensions. Només es diferenciaven en les ornamentacions dels seus grans marcs de fusta corcada. El de l'esquerra estava decorat amb una gran diversitat de màscares venecianes; el de la dreta tenia molts símbols i figures, igualment tallats sobre la fusta del marc, que a Giovanni li van resultar indesxifrables.

No estaven penjats a la paret, sinó encaixats, gràcies a un acurat treball d'obra. Sens dubte, el seu enorme pes havia aconsellat aquella mena d'instal·lació, per evitar que es desprenguessin.

«No se'ls van poder emportar, com va passar amb la resta de coses», va pensar Giovanni. «Si els haguessin intentat arrencar de la paret, els haurien destrossat. Els espoliadors hi van haver de renunciar. I segurament molt a contracor, perquè deuen ser d'allò més valuosos.»

Després va pensar que aquells miralls havien reflectit moltes vegades la imatge de Beatrice Balzani, tant quan el seu rostre encara estava tranquil i confiat com quan ja s'hi traslluïa el descoratjament.

Sempre amb l'espelma a la mà, es va acostar al mirall de les màscares. Amb una de les mànigues del gipó en va començar a netejar una petita zona, a l'altura dels ulls. La crosta de pols endurida va anar caient en forma d'un fi plugim. A poc a poc, aquella superfície va anar recobrant una mica de la brillantor del passat. El revestiment d'argent viu no presentava corrosió, estava intacte.

Giovanni va cedir aleshores a un impuls sobtat. Va deixar anar el seu càlid alè damunt de la superfície que havia rescatat del temps i, en la humitat condensada, hi va escriure amb un dit: «Beatrice». Tan bon punt ho va haver fet, va pensar que allò semblava una invocació a la dona desapareguda.

Poc després va creure percebre que la solitud del *palazzo* amagava una altra presència. Va tornar a mirar al seu voltant amb prevenció. Es va preguntar si no estava anant massa lluny en el seu afany investigador, si no es devia estar acostant a alguna cosa per a la qual no estava preparat com calia.

Va observar la seva cara lívida al mirall. Tenia el rostre bastant demacrat. Es va voler riure d'ell mateix, però només va reeixir a formar una ganyota desemparada amb els llavis.

Va parpellejar unes quantes vegades. A través del mirall que estava contemplant li va semblar haver vist alguna cosa al que tenia a l'esquena. Es va tombar. A dins del marc recarregat de símbols, l'altre mirall, entelat per la capa de pols, només mostrava un reflex borrós de la figura de Giovanni amb l'espelma encesa a la mà.

Aleshores, molt lentament, es va girar per encarar-se novament amb el vidre on s'estava esborrant el nom de Beatrice. A través d'aquest mirall va escrutar l'altre.

Tremolant de cap a peus, va constatar que el fenomen es repetia. Entreveia alguna cosa, confusa i indefinida, que només semblava present al mirall dels símbols.

Es va tornar a tombar a poc a poc, totalment conscient dels seus moviments, per sobreposar-se a la por que l'anava envaint.

Novament, quan el va tenir davant, el mirall dels símbols li va oferir el seu aspecte normal. El cul d'espelma s'anava empetitint. La mà ja notava molt a prop la calor de la flama.

D'una manera inexplicable, pressentia Beatrice Balzani molt pròxima. Se li va acudir que, desentelant un tros del mirall de les màscares, potser havia despertat alguna cosa, una relació misteriosa i oculta entre els dos miralls venecians.

El seu temor va donar peu a una nova excitació: potser estava començant a acariciar un secret que havia restat amagat durant molts anys, un secret que tal vegada tenia relació amb la misteriosa malaltia de Beatrice i la seva desaparició encara inexplicada.

El cul d'espelma s'estava esgotant. No en tenia cap més. Havia decidit fer una incursió breu, només amb la intenció de posar fi a una colla d'imaginacions infundades. Ara se'n planyia. No volia marxar d'allà sense haver examinat a fons els miralls. Va aprofitar la darrera claror de l'espelma per observar les parets on estaven encastats. Durant un moment va sospitar que algú podia amagar-s'hi al darrere i produir d'allà estant les estranyes imatges. Era una possibilitat inquietant. Per sortir de dubtes, es va armar de coratge, va abandonar la cambra i observà les parets per darrere.

No hi havia estat ningú, allà. El mantell de pols del terra estava intacte, no hi havia ni el més petit indici de petjades. A més, les parets no tenien cap obertura que pogués comunicar amb la part posterior dels miralls. Eren molt compactes.

L'espelma es va apagar. Giovanni es va quedar a les fosques. En aquell mateix moment va decidir què faria:

aniria a la seva habitació per la cornisa, agafaria més espelmes i tornaria a la cambra dels miralls. Es va orientar per salons i estances, va arribar a la planta superior i, sempre enmig d'una gran negror, va trobar la galeria per on havia entrat.

Quan es disposava a abandonar l'indret, va tenir un ensurt: algú estava aguaitant per la finestra de la seva habitació. Giovanni es va amagar de seguida darrere de la balustrada. Remugant malediccions, es va dir que devia ser Alessandra, però es cobria amb un mantell fosc i no li podia veure la cara. Malgrat tot, s'estimava més pensar que era ella i no una altra persona, la presència de la qual hauria estat encara més alarmant.

«Tinc barrat el camí de tornada. L'embalum del llit només deu haver servit per fer més sospitosa la meva absència», es va doldre Giovanni, amoïnat de debò.

Per dins de l'edifici, es va esquitllar cap a una altra de les galeries. Volia tenir una visió més clara de la seva finestra. Començava a témer que aquella figura que hi estava apostada no fos una altra persona diferent d'Alessandra.

Quan va mirar un altre cop, la presència desconeguda havia desaparegut. Però la finestra havia quedat entreoberta, com a senyal del seu pas.

Giovanni, amagat, va estar esperant amb atenció que tornés a aparèixer la intrusa.

La nit començava a rufejar. Tot de núvols densos havien tapat la lluna. Però encara podia constatar que la figura del mantell no havia tornat a fer acte de presència.

Al cap d'una llarga estona d'espera, Giovanni va decidir reaccionar. No podia passar tota la nit allà, a l'aguait. Al cap i a la fi, no tenia res de greu per amagar.

«He entrat en un edifici abandonat: això és tot. Seria un disbarat quedar-me aquí més estona, amagat com un criminal.»

Tot i que li va costar bastant, va fer el cor fort. Aquest cop, la travessia de la cornisa li va resultar molt més difícil. Notava un incipient vertigen que no l'havia atacat la primera vegada.

Quan ja era prop de la finestra, el va assaltar el temor que algú no hi tragués el cap de sobte per llançar-lo al buit.

Una intensa ràfega d'aire el va empentar contra el mur. Va començar a ploure furiosament.

Giovanni va acabar de recórrer la cornisa i va entrar bruscament a la seva habitació, disposat a encarar-se amb qui fos que hi hagués allà.

Però no esperava veure-hi el que hi va veure: una figura immòbil jeia tètricament al llit. Giovanni va notar que el pèl se li eriçava un altre cop.

Li van caldre uns moments per adonar-se que no hi havia ningú. Alterat com estava, acabava de confondre l'embalum que ell mateix havia ficat al llit amb una presència estranya.

Una sobtada ràfega d'aire va fer anar una part de la cortina cap a l'exterior de la finestra. Aleshores va comprendre que ni Alessandra ni cap altra persona coberta amb un mantell no havia tret el cap per allà.

La cortina, inflada per l'aire, l'havia enganyat amb l'ajut de la penombra i la seva pròpia excitació.

Una mica avergonyit, es va tranquil·litzar. Es va recordar dels dos miralls i va fer el propòsit de tornar a examinar-los de seguida.

Va agafar tres espelmes llargues, que li farien llum durant més temps del que necessitava. L'intens soroll de la pluja el va acuitar. La tempesta creixia per moments. Els llampecs il·luminaven la llòbrega solitud del *palazzo*.

La cornisa, batuda pel vent i l'aigua, havia resultat força segura quan era seca: ara, relliscosa i mullada, era d'allò més perillosa. També calia tenir en compte les ràfegues d'aire: tenien tanta força, que podien abatre qualsevol que estigués en un equilibri precari. Res no feia pensar que el temporal afluixaria. Pel que semblava, s'intensificaria encara més. Giovanni va pensar que la decisió més enraonada era deixar-ho córrer. A més, ja era molt tard.

Va tancar la finestra per evitar que entressin més ratxes d'aigua. La nit següent, amb unes condicions més favorables, duria a terme la segona incursió al *palazzo*.

No renunciava a investigar l'enigma dels miralls venecians.

Desallotjament per raons tèrboles

VA PLOURE TOTA LA NIT, i al matí encara plovisquejava. Quan Giovanni va baixar per anar cap a la universitat, es va trobar que la senyora Alessandra l'esperava al vestíbul.

—S'ha produït un contratemps —el va saludar ella, mirant-lo amb ulls tèrbols i freds.

—Quin? —va preguntar Giovanni, amb l'aire d'un innocent estudiant que només es preocupa dels seus llibres i de les seves classes.

—El senyor que va ocupar l'habitació on s'allotja vostè tornarà a Pàdua. Acabo de rebre un missatge on m'avisa del seu retorn per avui abans del vespre.

—I doncs? —va dir el jove, sense acabar de donar crèdit encara al que la dona li estava insinuant.

—Em sento obligada amb ell. Es va estar aquí una temporada. Va tenir moltes deferències amb mi, honestes i delicades. És tot un cavaller. Es mereix que el complaguin.

—La meva presència aquí és un obstacle?

—Em sap greu, però és així. A l'home li encanta l'habitació de dalt. És l'únic lloc de Pàdua on es vol allotjar.

Tots els recels de Giovanni anaven prenent forma. Als seus ulls, aquella dona s'enfonsava cada vegada més en una mar de sospites i veritats amagades. Amb tot, va oposar una protesta lleugerament irada:

—Qui ocupa una habitació hi té preferència sobre qualsevol aspirant. Tinc el lloguer al dia i penso quedar-m'hi.

—Vostè va pagar una setmana. Ja ha passat. No té sentit continuar discutint —va puntualitzar ella, impassible i categòrica.

Giovanni va estar a punt de replicar: «I tot perquè ahir a la nit vaig anar a fer un volt pel *palazzo!* Què intenta amagar o encobrir, vostè? Què sap realment? Per què vol impedir que jo torni a entrar a la mansió dels Balzani?».

Però, en canvi, es va plànyer:

—No tinc cap més lloc on anar, senyora. I vostè ho sap.

—Ja m'he encarregat d'això mentre vostè dormia.

—Té cap altra habitació disponible?

—En aquesta casa no es lloga cap més habitació que la de dalt —va sentenciar ella, com si el sol fet de suggerir una altra cosa fos ultratjant.

—Aleshores?

—Hi ha una petita habitació lliure a la fonda Veneciana. És molt senzilla, és clar, però en podrà disposar a bon preu. Una de les criades ha hagut de marxar per raons familiars. Trigarà a tornar. Vostè ocuparà la seva cambra. Jo ho tinc tot arreglat. Com pot veure, no el deixaré al mig del carrer.

Giovanni va veure com s'esfumava la possibilitat de tornar a examinar els miralls aquella mateixa nit, la qual cosa el contrariava d'allò més. Va intentar resistir-se a la dona:

—Si em permet que li ho digui, vostè disposa de mi amb una lleugeresa excessiva, senyora. Un hoste lliurement acceptat no és un moble que es fa anar d'aquí cap allà segons d'on bufi el vent. Tot això m'agafa de sorpresa. No sé què dir-li'n. Si em deixa uns quants dies per rumiar-ho...

—No els hi puc deixar, perquè no els tinc. Em sembla que m'he expressat clarament: no tots els compromisos tenen el mateix grau. Sigui bon noi i reculli les seves coses. A la Veneciana estarà vostè en el seu element: és un lloc d'estudiants.

Giovanni alimentava una sospita. Va concebre un pla i va considerar estratègicament adequat accedir al que Alessandra li demanava. Amb cara mig dolguda mig resignada, va assentir:

—Bé. Ja que ho vol vostè així, renunciaré als meus drets d'hoste. M'empeny a fer-ho una doble cortesia: que vostè és dona i de més edat que jo.

—Gràcies —va dir ella secament, si bé alleujada per no haver d'entaular més picabaralles—. Sabia que vindria vostè a la raó. De seguida que el vaig veure, em vaig adonar que era un jove assenyat.

—Tornaré a primera hora de la tarda a recollir les meves coses. Aquest senyor tan distingit es podrà instal·lar sense cap impediment aquest vespre.

—En nom seu, li'n dono les gràcies —va acabar dient ella, donant l'assumpte per enllestit.

Giovanni va estar una gran part del matí esperant l'ocasió adient per parlar en privat amb Lena i Paolo.

El professor Amadio es va estendre en l'anàlisi de diferents esculls de la gramàtica. El jove napolità amb prou feines aconseguia fer veure que l'escoltava. La sessió se li feia inacabable.

Pels volts del migdia, en un descans, els tres amics es van poder reunir tots sols. Giovanni els va explicar la seva incursió nocturna al *palazzo,* fent esment especial dels miralls venecians i de les seves propietats desconegudes. Ells el van escoltar amb atenció i, després de resistir-s'hi al començament, a l'últim van decidir ajudar-lo.

Un cop acabada la secreta conversa, Lena va sortir de la universitat. Es disposava a acomplir la missió que

Giovanni li havia encomanat. Paolo aniria a rellevar-la més tard.

A primera hora de la tarda, Giovanni i Paolo van arribar furtivament als voltants de la casa de l'enigmàtica Alessandra.

Lena, que simulava rondar per allà, se'ls va acostar en veure'ls i va dir desanimada:

—Res. Ella ni tan sols ha sortit.

—Ha vingut algú? —va preguntar el napolità.

—Ni una ànima. La vigilància no ha servit per a res.

—No t'ho pensis, Lena. Ha passat el que m'esperava —va dir Giovanni—. Gràcies, de debò. Ara, deixa-ho tot a les nostres mans.

—De segur que no em necessitareu? —va apuntar ella, tot i que es veia amb ganes d'anar-se'n.

—En Paolo té més llibertat. Ningú no el trobarà a faltar. Ell m'ajudarà a cobrir la tarda. Torna a casa, Lena; és millor així.

—D'acord. Demà ja em direu què ha passat.

Mentre Lena se n'anava i Paolo es quedava a fer guàrdia per la rodalia, Giovanni va anar a desocupar l'habitació, com havia promès al matí.

Ho va anar ficant tot a la bossa de qualsevol manera. De tant en tant, mirava per la finestra. Però els seus ulls no estaven dient adéu a la mansió Balzani.

Al final, obrant d'una forma perfectament calculada, va posar un dels seus llibres a dalt de l'armari.

El comiat de la senyora Alessandra va ser concís i ràpid.

—Que tingui sort en els estudis —va dir ella.

—Gràcies. Jo també li'n desitjo —va correspondre Giovanni, si bé en un to que semblava posar en dubte que ella n'hagués de tenir, de sort. I, rient per sota el nas, va afegir:— Presenti els meus respectes al senyor que està a punt d'arribar. Espero que ho trobarà tot del seu grat.

Ella no va respondre. Tot seguit, va estar una estona amb la porta entreoberta, veient com l'estudiant s'allunyava amb la seva bossa. Semblava que es volgués assegurar que se n'anava per sempre. Finalment, la va tancar molt lentament.

Paolo, amagat fins aleshores, es va posar a vagarejar pels carrers contigus. Es va encreuar amb Giovanni, però entre tots dos no hi va haver ni tan sols una mirada. Paolo sabia molt bé què havia de fer; el napolità li ho havia explicat amb tot detall.

La nova habitació de la fonda Veneciana era realment molt precària. Es trobava a l'extrem d'un dels estrets corredors de la planta baixa.

La porta no es podia obrir del tot perquè, a mig recorregut, topava amb el llit. L'única vista a l'exterior era una finestreta enreixada que donava a un cul-de-sac ple de deixalles. El pobre i escàs mobiliari es veia brut i desmanegat. No hi havia cap armari; només un buit en una paret, tapat per una cortina apedaçada que no l'arribava a cobrir completament.

Malgrat tot, aquelles incomoditats, que en un altre moment potser haurien descoratjat Giovanni, amb prou feines li van fer efecte. Era molt diferent allò que realment el preocupava.

Va deixar la feixuga bossa en un racó i es va estirar al tronat llit, que va cruixir. Fixant la mirada en la brutícia del sostre, es va centrar en l'espera.

A l'entrada de la nit, es va posar un capot que encara no havia fet servir a Pàdua. Volia evitar que el reconeguessin fàcilment i des de lluny.

Va sortir de la fonda i va avançar ràpidament pels foscos carrers. Feia una nit freda; bufava un vent glaçat. Els escassos vianants caminaven de pressa i encongits. Pàdua semblava una ciutat abandonada a corre-cuita pels seus darrers habitants.

Giovanni va témer que Paolo, acorralat per les inclemències de la intempèrie, no s'hagués cansat d'esperar.

Però no: tot i estar enrederat de fred, havia aguantat a peu ferm, refugiat en un porxo des d'on podia vigilar l'edifici de la senyora Alessandra sense que ella el veiés.

—Ha vingut? —es va afanyar a preguntar-li Giovanni.

—No —va respondre l'altre, visiblement avorrit.

—M'ho imaginava.

—No s'hi ha acostat ningú, a la casa —va reblar Paolo.

—I ella, ha sortit?

—Dues vegades.

—T'ha vist?

—No.

—On ha anat?

—No ho sé. M'has dit que no la seguís, que em quedés aquí per si de cas venia l'home. —Paolo no semblava gaire engrescat amb la recerca de Giovanni.

—És veritat. Ha passat gaire temps fora?

—La primera vegada, no. Ha estat poc després que tu te n'anessis. L'altra sortida sí que ha estat llarga, de dues hores, o més.

Giovanni va fer una ganyota i va dir:

—De manera que està esperant la imminent arribada del seu hoste predilecte i, per donar-li una bona rebuda, deixa la casa sola tot aquest temps. Ja, ja... N'estàs segur, que ell no ha vingut, oi?

—Ja t'ho he dit —va confirmar Paolo, frisant ja per anar-se'n—, la senyora és a dins des de fa estona.

—Et dec un gran favor —va dir el napolità, preparant-se per efectuar el pas següent.

—Què faràs ara?

—La temptejaré.

—N'estàs segur, que et va dir una mentida?

—I tant. I ara ho aclariré.

—Per què ho deu haver fet? —va preguntar Paolo, sense demostrar-hi, però, gaire interès.

—Això ja no ho sé. Però és el més interessant de tot.

—Me'n vaig a la fonda. En acabat, vindràs?

—No m'esperis.

—Fins demà —es va acomiadar Paolo, content de poder marxar.

Giovanni va deixar que el seu amic es retirés, i després es va encaminar lentament cap a la casa on havia viscut fins aquell matí. Va haver de donar uns quants cops de picaporta fins que va aparèixer Alessandra.

—No em pensava pas que fos vostè —va dir ella, malcarada.

—Em sap greu molestar-la a aquestes hores. Ho faig per necessitat, cregui'm —va explicar Giovanni.

—Què passa?

—Digui'm: ja ha arribat el senyor?

Alessandra, tallant, va respondre de seguida:

—Sí, tal com havia anunciat. És una persona de paraula —va puntualitzar amb satisfacció. I va afegir: —Ja és a dalt, instal·lat.

—Em sap molt greu, senyora.

—Per què? —va preguntar ella, en guàrdia, barrant-li el pas.

—El cas és que... —va començar a dir l'estudiant, amb posat compungit— aquesta tarda, quan he agafat les meves coses, m'he deixat...

—Què s'ha deixat? —va inquirir la dona, impacient.

—Un llibre. Una gramàtica llatina de tapes negres.

—Vingui demà a buscar-la, i ja la hi donaré.

Alessandra va començar a tancar la porta, però Giovanni s'hi va interposar:

—No la podria recuperar ara? Em faria vostè un gran favor. La necessito aquesta nit mateix. Tingui en compte que el trasllat m'ha causat un gran trastorn. I això l'agreuja. Li prego que faci tots els possibles per resoldre'm el problema.

Ella va dubtar durant uns moments i després, deixant-lo entrar al vestíbul, va decidir:

—Esperi's aquí. Vaig a veure si ho puc solucionar.

Giovanni va veure com la dona desapareixia escales amunt. Immediatament va manipular una de les finestres del vestíbul i la va deixar ajustada, de manera que es pogués obrir des del carrer. La penombra dissimulava a la perfecció el petit canvi que hi havia fet: aparentment, la finestra estava igual que abans.

—El senyor ja està descansant —va assegurar la senyora, tornant de la planta superior—. No el podem molestar. Ha fet un viatge molt llarg. Vingui demà. On ha deixat el llibre?

—Suposo que a dalt de l'armari. Em sembla que el vaig posar allà. Això explicaria que no l'hagi vist quan he sortit.

—Ja el trobaré. Però ara, vagi-se'n.

—Vindré demà molt d'hora, l'aviso.

—No li obriré abans de les vuit. Vingui a partir d'aquesta hora.

—El llibre em fa molta falta.

—Haver-se'l emportat quan tocava. Bona nit.

Giovanni va deixar enrere l'edifici. La primera astúcia havia resultat. Ara n'estava encara més segur: la història del retorn de l'home era una invenció d'Alessandra. L'havia volgut allunyar. Però ara tenia una via per entrar un altre cop a la casa.

Potser aquella nit mateix podria treure conclusions inesperades.

Tornant com un estrany

EN MIG DE LA QUIETUD de les altes hores de la nit, Giovanni va penetrar silenciosament a la casa per la finestra ajustada.

Va escoltar atentament. Tot estava fosc i en calma. Just el que necessitava. Coneixia prou bé l'edifici per moure-s'hi sense llum.

Prenent-se tot el temps necessari per pujar cada esglaó, va anar avançant a les palpentes cap a la planta alta. S'aturava a cada moment, amb l'orella atenta al més petit soroll que el pogués alertar d'alguna cosa. Volia evitar de totes passades que Alessandra el descobrís.

Atès sense cap contratemps el cim de l'escala, es va poder moure, per fi, a gust. A dalt, també hi regnaven el silenci i la foscor. Es va dirigir cap a la porta de la que havia estat la seva habitació. S'hi va aturar davant i parà l'orella.

Ni la remor més lleugera no indicava que hi hagués algú a dins. Va estar una estona en aquella posició: cap ronc, cap respiració feixuga, ni tan sols un lleu grinyol del llit; res. Allò no el va sorprendre. Donava per fet que l'habitació no estava ocupada. L'autor de la carta inacabada no hi havia tornat. El que Giovanni es començava a preguntar era si mai se n'havia anat voluntàriament i sa i estalvi.

Va obrir lentament la porta, convençut que no hi trobaria ningú darrere. Tan coll avall ho tenia, que va tardar uns moments a adonar-se de l'error. Llavors ja es trobava a només unes passes del llit. I estava ocupat!

Va intentar recular, però les forces no el van assistir. Per la cortina entreoberta, entrava l'esblanqueïda claror de la lluna. Habituat com estava a la foscor, en tenia prou amb aquella llum insignificant per veure que el llit estava desfet. Sobre el matalàs només hi havia un llençol. I a sota, completament tapat, quelcom que feia exactament el mateix embalum que un cos humà.

Va pensar en el truc que ell havia manegat la nit abans. Amb tot, tenia l'infaust convenciment que no es tractava de res de semblant. No va saber d'on va treure el valor per fer-ho, però tot i que la tensió de la por el dominava, va anar fins al capçal del llit i va aixecar la part superior del llençol.

Un home gran jeia de bocaterrosa. El seu cos tenia la rígida i abandonada immobilitat dels cadàvers. Giovanni, esglaiat, es va sentir en presència de l'obra de la mort; d'una mort que encara podia continuar a l'aguait.

Els batecs del cor de l'estudiant semblaven a punt de fer-lo esclatar. Darrere seu es dreçava el gran armari amb les portes obertes de bat a bat. El va pressentir com una tètrica trampa. De sobte, fent un esforç desesperat per esquivar-la, es va girar, s'acostà al moble buit i, posant-se de puntetes i estirant un braç, va agafar el llibre que hi havia deixat. Després d'abastar-lo, el va estrènyer fort amb els braços, com si fos una taula de salvació. I, tot seguit, ja només es va preocupar d'abandonar l'estança abans que hi passés quelcom d'horripilant.

Va caminar cap enrere, en direcció a la porta, sense donar l'esquena al cos que hi havia al llit, per si de cas s'incorporava de cop i volta, i se li acostava amb algun terrible propòsit.

Quan va ser fora de l'habitació, una mica més alleujat, va començar a tancar la porta, resant perquè no grinyolés.

En l'últim moment, quan ja no podia veure el llit ni la inerta presència que l'ocupava, va entrellucar una part de la imatge nocturna del *palazzo* a través del cortinatge. Un cop més va sentir que allà hi havia alguna cosa que el concernia i el cridava.

Mentre caminava a cegues cap a l'escala, va tenir l'anguniosa sensació que la senyora Alessandra, amb un pervers somriure triomfal, l'estava mirant des de les tenebres com si ell, pel fet d'haver entrat a la casa hagués caigut en un parany.

Va baixar l'escala fent tentines, com si estigués begut. L'envaïa l'embriaguesa de la por, en un grau extrem. Va anar de poc que el llibre no li caigués de les mans. Absurdament, jutjava imprescindible endur-se'l. Quan va arribar al vestíbul, la proximitat de la finestra d'escapada el va animar. L'única obsessió que tenia era sortir d'aquella casa tenebrosa com més aviat millor.

Amb un gran alleujament, va constatar que ningú no havia barrat la finestra. Tenia la sortida lliure d'obstacles. Va saltar al carrer com si fugís d'un perill mortal.

Un intens tremolor el va continuar agitant mentre s'allunyava. No va mirar enrere ni un sol cop.

A la mesquina cambra de la fonda, el pas de les hores li va anar donant una visió més real del que havia passat.

Així va poder considerar un fet que en el seu moment no havia assimilat: a la seva antiga habitació —ara se'n recordava perfectament— no hi havia ni un sol paquet o equipatge. L'armari era tan buit com ell l'havia deixat. I, puix que cap senyor no viatjava solament amb el que portava posat, no veia ni la més remota possibilitat que l'home que jeia tapat amb el llençol fos l'autor de la carta inacabada.

I si l'era, va pensar, no havia arribat allà pel seu compte. Per Giovanni, gairebé no hi havia dubte que es tractava d'un home assassinat.

Durant les hores següents va estar a punt, unes quantes vegades, d'anar a denunciar el cas. Després, quan ja faltava poc per a la matinada, va pensar que abans podia utilitzar el que sabia per arribar al fons del secret del *palazzo*. Sospitava que l'estranya conducta d'Alessandra i la presència del cos desconegut tenien alguna relació amb el misteri d'un fet esdevingut més de cent anys enrere: la desaparició de Beatrice Balzani.

I no anava errat en el seu presagi.

A trenc d'alba, Giovanni va tornar als voltants de la casa d'Alessandra. No es va prendre la pena d'amagar-se. Aquella dona devia estar embolicada en un tèrbol assassinat. Allò li posava a ell un important as a les mans, i estava disposat a fer-lo servir.

Quan els campanars de Pàdua omplien l'aire amb els pics de les vuit del matí, Giovanni, gairebé a l'unísón, trucava amb el picaporta, assaborint per endavant la victòria: Alessandra, ben aviat, quedaria a la seva mercè.

Va obrir amb cara de no haver dormit gens. L'estudiant va pensar: «Estem igual».

Tots dos es van mirar llargament. Mesuraven les seves forces. S'estudiaven com dos enemics abans d'una lluita aferrissada. Giovanni va decidir jugar una estona.

—Vinc a buscar el llibre —li va recordar, com si recuperar el volum fos l'únic que li importés—. Suposo que el senyor ja deu estar llevat. Els estudiosos com ell acostumen a despertar-se d'hora; fa amb el seu tarannà.

—No hi ha cap llibre a l'armari —va replicar ella, amb tanta sang freda que Giovanni es va quedar una mica desconcertat.

«Deu ser una criminal consumada», va pensar. A continuació, va prosseguir la seva escomesa mordaç en veu alta:

—Ah, no? Li ho ha preguntat al senyor?

—Ho he mirat jo mateixa. L'home ha sortit molt de matí. El llibre no és a dalt.

El jove estava cada cop més perplex davant el cinisme i l'aguant d'aquella dona. Amb tot, va continuar estrenyent el setge sense perdre les maneres.

—Quan tornarà el seu distingit hoste?

—Per què ho vol saber? —va inquirir, aspra.

—Per si de cas s'ha emportat el llibre, pensant-se que no tenia amo.

Les paraules següents d'Alessandra van sonar ràpides i categòriques:

—Ell no faria mai una cosa com aquesta sense consultar-me-la. Vostè es confon. El seu maleït llibre no és en aquesta casa. La nostra relació es va acabar ahir. No té dret a molestar-me.

—No tindria res d'estrany que aquest senyor se l'hagués endut. Un llibre sempre pot desvetllar la curiositat d'un erudit. No seria gens deshonrós que l'hagués agafat. Al contrari, seria molt natural i comprensible. Jo mateix parlaré amb ell, i tot quedarà aclarit. A quina hora tornarà?

La dona va respondre irritada:

—No ho sé, i tant se me'n dóna! Té coses per fer en uns quants llocs de la comarca. Potser no tornarà fins d'aquí a uns dies. O potser sí. No em dóna compte dels seus actes. I jo no em fico en les seves coses. No ho he fet mai amb ningú. Prengui'n vostè exemple i vagi-se'n!

Ella va fer acció de tancar la porta bruscament, però Giovanni li ho va impedir immobilitzant-la. De tota manera, estava sorprès. El desvergonyiment i l'aplom d'Alessandra superaven de lluny les seves previsions. Tanmateix, va creure que posaria fi al seu fingiment donant-li a entendre que sabia que a la casa hi havia un home mort:

—Digui'm, senyora —va començar a dir en un to desafiador—, sap què significa que un cos d'home estigui tapat amb un llençol de cap a peus? Per a vostè la resposta és molt fàcil.

Ella el va mirar enfurismada. Però no es va mostrar gens espantada per l'al·lusió. Al contrari, la seva agressivitat va augmentar:

—Les seves endevinalles no m'interessen! Vagi-se'n i no torni mai més! Si em continua molestant, ho comunicaré a les autoritats de la universitat!

—No li sembla que és vostè qui corre el risc de ser denunciada per un fet molt més greu?

—Fora d'aquí! —va cridar Alessandra, empentant-lo amb força i tancant la porta de cop.

Giovanni es va quedar amb l'amarg regust del fracàs. Havia sortit derrotat de l'escaramussa. Es va apartar lentament de la casa. Ja començava a dubtar si havia vist o no el cos sense vida: «Una de dues: o aquesta dona té una sang freda endimoniada o jo he estat víctima d'una al·lucinació incomprensible».

Però es negava a acceptar aquella segona possibilitat. Encara veia el rígid embalum sota el llençol i els grisosos cabells caiguts sobre el rostre immòbil.

Aquell record era net i clar. No el podia atribuir a una confusió dels sentits. També notava el tacte del llençol a la mà. No es podia haver enganyat tant.

Com parlant des de lluny amb la dona, va dir:

—Ens tornarem a veure molt aviat. Les teves odioses astúcies no em barraran el pas cap als miralls venecians i el secret de Beatrice Balzani. Al final seré jo qui guanyarà la partida, i tu hauràs de pagar car els teus sinistres enganys.

Dels miralls venecians

GIOVANNI VA ARRIBAR a la universitat com un somnàmbul. El seu rostre palesava el seguit d'emocions i estralls de les últimes hores.

El grup ja feia una bona estona que classificava documents a l'arxiu històric. El napolità va respirar quan va veure que Amadio no era a la sala. Havia temut una forta amonestació pel seu retard.

—Ha demanat per tu —li va dir Paolo a cau d'orella, referint-se al professor—. De molt mal humor.

Lena se li va acostar de seguida i li va preguntar en veu baixa:

—Es pot saber quina una en portes de cap?

—Ha passat una cosa molt greu —va murmurar Giovanni, que encara no havia decidit què els explicaria. En vista de la cara d'expectació dels seus dos amics, va afegir—: Em sembla que l'Alessandra és còmplice de fets criminals.

La resta d'alumnes del curs, intuint que passava alguna cosa estranya, van dreçar les orelles. Giovanni se'n va adonar i va dir:

—Ja us ho explicaré després, quan estiguem sols. Ara haig de fer una cosa. Perdoneu-me.

La secció de ciències físiques es trobava en un dels entresolats de la biblioteca universitària. Giovanni hi va pujar discretament. Volia passar tan desapercebut com fos possible.

Hi va localitzar sense problemes diversos tractats d'òptica i monografies sobre lents convexes i còncaves. Va llambregar algunes d'aquelles obres. No li oferien res del que buscava.

Tot i així, quan les va tornar a desar al prestatge, va veure que darrere de la primera fila de volums hi havia més llibres, penosament coberts de pols.

Va allargar el braç i els va anar removent. La majoria es trobaven en molt mal estat. Probablement es devia haver considerat que no valia la pena restaurar-los. La humitat i l'abandó hi estaven fent la tasca final.

Ja gairebé desesperava de trobar alguna cosa interessant quan va ensopegar un petit exemplar que tenia estampat el títol: *Dels miralls venecians (i les seves propietats ocultes)*.

El llibre havia estat editat a Venècia. La data d'impressió i el nom de l'autor no hi figuraven. A la portadella hi havia unes inicials manuscrites mig esborrades, detall que donava a entendre que aquell petit volum havia tingut un amo particular abans de passar al fons de la universitat. Els caràcters del text eren bastos i no gaire entenedors a la pobra claror de l'entresolat. L'obra incloïa alguns gravats que allà amb prou feines es podien veure.

Sense pensar-s'hi gens, Giovanni va decidir furtar el llibre. Havent comprovat que ningú no el podia veure, se'l va ficar al gipó i el va subjectar sota el braç.

Estava estrictament prohibit endur-se qualsevol obra de la biblioteca sense permís. Amb tot, mentre tornava els altres toms al prestatge, el napolità va pensar: «Qui el trobarà a faltar? Fa una pila d'anys que és aquí, i ningú no li ha fet gens de cas. El vull llegir tranquil·lament, sense gent al voltant. D'aquí a uns dies el tornaré, i en paus».

Va baixar a la sala general, vigilant de mantenir el braç arrapat al cos. Si badava, el llibre li podia caure als peus a la vista de tots els altres, i allò el posaria en una incòmoda evidència.

Va tornar a l'arxiu històric. Els seus companys estaven embrancats en la tasca que Amadio els havia manat. Tindrien feina per al que quedava de matí.

Giovanni no es veia amb cor d'aguantar allà tanta estona, amb el llibre sota el braç, i sense poder assabentar-se del seu contingut. Es va acostar a Lena i, a cau d'orella, li va dir:

—Me n'haig d'anar. Ens podem veure després, a les dues, a la plaça del mercat. Parla amb en Paolo; als altres, ni piu.

—D'acord.

—Si l'Amadio pregunta per mi, digues-li que me n'he anat perquè em trobava malament.

—No sé pas com s'ho prendrà —va advertir ella, tot i que s'adonava que res no faria recular Giovanni.

—Una altra cosa: mira d'esbrinar per què no és al seu lloc el lligall històric de la família Balzani. Fes-ho com si fos una simple curiositat teva. Pregunta-li-ho al cap de l'arxiu sense esmentar-me a mi per a res. Em pots fer aquest favor?

—Ho intentaré —va dir Lena, de no gaire bona gana.

Giovanni va abandonar la sala sota les mirades curioses i intrigades dels altres membres del grup.

Quan va ser fora de la universitat, es va dirigir ràpidament cap a la fonda. A la seva miserable habitació gaudiria de la solitud i la calma necessàries. A aquella hora, ningú no el destorbaria.

Com un lladre disposat a examinar el seu botí, Giovanni, amb la porta de la seva cambra tancada, va posar al descobert el volum furtat. Estava tebi. Era el moment de collir el fruit. Va acostar un tamboret a la finestreta enreixada i es va posar a llegir àvidament.

Hi havia una introducció en la qual s'exposaven fets estranys i sorprenents, relacionats amb miralls de menes molt diverses, des de l'antiguitat fins a la fi del segle XVI. L'estudiant no es va entretenir gaire a les primeres pàgines.

Frisava per arribar a la matèria que el títol del llibre anunciava. De seguida la va trobar, i en va poder llegir el següent:

Entre els miralls venecians provinents dels cèlebres tallers de l'illa de Murano, els creats pel mestre Guido Forlani constitueixen una categoria especial.

Aquell gran artista va donar origen a una època daurada. Amb ell, l'etern misteri dels miralls i els seus màgics espais va assolir els cims més alts.

Segons un gran nombre de testimonis, els miralls creats per Forlani produïen, en circumstàncies determinades, imatges sobrenaturals. De vegades, també responien, com si fossin objectes vius i sensibles, a l'estat d'ànim de les persones que s'hi contemplaven. Així mateix, s'assegura que aquells qui en tenen s'assabenten, a través seu, de misteris del passat i del futur, i de moltes altres coses que no es podrien saber de cap més manera.

Malauradament, no van sortir gaires miralls de les prodigioses mans de Guido Forlani, malgrat els seus nombrosos anys de sublim dedicació a l'ofici. Cadascuna de les seves obres requeria un pausat i difícil procés de creació. A tot estirar, s'estimen en uns cent els miralls que va arribar a construir al llarg de la seva vida. Tanmateix, actualment aquesta xifra és molt inferior. Alguns van desaparèixer misteriosament, d'altres van ser destruïts per causes no gaire clares: uns quants van ser robats i es troben en parador desconegut, mentre que d'altres es van perdre en incendis i terratrèmols.

Per tot això, avui dia constitueixen rareses d'un valor incalculable, molt cobejades pels col·leccionistes, els amants de les antiguitats i els estudiosos de les arts ocultes.

Tots els miralls Forlani són de grans dimensions. Es poden identificar, a més de pels marcs de fusta tallada, amb màscares, símbols i d'altres ornamentacions diverses, per les dues inicials G i F de plata, encastades a la part inferior dreta del marc.

Guido Forlani es va endur a la tomba el gran secret de la creació dels seus miralls llegendaris. Mai no va descobrir la fórmula ni els procediments en virtut dels quals les seves obres eren diferents de totes les altres. Amb ell va desaparèixer un secret sense parió. Però els seus miralls, els pocs que encara es conserven, continuen causant sorpresa i fascinació al reduït nombre de persones que tenen la sort i el privilegi de contemplar-los».

Giovanni va deixar de llegir. Estava serè i alhora emocionat. No en tenia cap dubte: els dos miralls venecians del *palazzo* eren de Forlani.

Uns cops a la porta el van espantar. La primera reacció que va tenir, abans fins i tot de preguntar-se qui trucava, va ser la d'amagar el llibre sota el batibull de llençols i flassades que hi havia al llit. Els cops van sonar una altra vegada. Ningú no deia res.

Giovanni va anar cap a la porta, anguniejat per un mal presagi. Va recordar el cos de l'home cobert pel llençol. Va obrir d'una revolada.

—Què li passa, Conti? —va inquirir, sorrut, el professor Giacomo Amadio.

La sorpresa va ser considerable, però Giovanni es va sentir íntimament alleujat. Improvisant sobre la marxa, va mentir amb aire afligit:

—Els mals de cap són la meva creu, professor. Ja de ben petit em van començar a atacar. Últimament no m'havien molestat, però des de fa uns quants dies...

—L'hauria de veure un metge de seguida. A Pàdua en tenim alguns de molt eminents. El recomanaré al doctor

Ficino: m'honro amb la seva amistat, i és el més entès de tots.

—No caldrà que es prengui la pena de fer-ho, professor —el va aturar resoludament Giovanni—. Aquests dolors no són importants, tal com vénen se'n van. No tenen cap causa greu, ho sé des de fa temps. Però empipadors sí que ho són, li ho asseguro. Quan m'agafen, em costa molt concentrar-me. Demà ja em trobaré bé.

Tot i que amb prou feines hi havia espai per a tots dos, el catedràtic es va introduir a la cambra i va tancar la porta. Mirant Giovanni de fit a fit, li va explicar:

—Li seré franc, Conti: em té amoïnat, vostè. El meu interès pels alumnes no es limita a les classes. I encara menys quan es tracta de joves que vénen de terres llunyanes, com és el seu cas. Vostè no hi té ningú, a Pàdua. Es pot esplaiar amb mi. Digui'm: fora dels mals de cap —va descartar, com si no es cregués que en tingués—, el neguiteja o preocupa res? Té cap problema d'adaptació?

—Cap ni un, de debò —va respondre Giovanni, defugint la mirada del professor.

—Celebro sentir això, però no em deixa gaire convençut.

—Li asseguro que no hi ha cap motiu perquè vostè s'amoïni —va insistir el napolità—. Tot plegat és un simple malestar passatger que aviat desapareixerà.

—Bé. És millor així. I, parlant d'una altra cosa —va dir Amadio, mentre resseguia la pobra habitació amb els ulls—, com és que s'està aquí? No m'havia dit que tenia llogada una habitació al costat del *palazzo* Balzani?

—La mestressa va canviar de parer.

—Tan aviat? Va fer vostè res que la disgustés? No ens agrada que els nostres estudiants facin parlar ni que causin molèsties. El bon nom de la universitat no ha de ser posat en dubte per raons d'aquesta mena.

—No va ser res d'això, li ho puc garantir. Un antic hoste, amb el qual ella se sentia obligada, va voler tornar a ocupar l'habitació —Giovanni havia decidit repetir les mentides d'Alessandra sense afegir-hi res de la seva collita. Jutjava primordial amagar al catedràtic totes les seves investigacions. Volia continuar-les pel seu compte, i amb les mans lliures, fins que decidís que havia arribat el moment d'abandonar o li convingués recórrer a Amadio—. Ella em va pregar que deixés lliure l'estança, i jo hi vaig accedir, tot i que no sense recança, ho reconec.

—Em tranquil·litza. De vegades, els estudiants es comporten d'una manera reprovable als llocs on estan allotjats.

Amadio va estar uns quants minuts més en aquella cofurna. Li va fer diverses preguntes sobre qüestions acadèmiques, però amb prou feines posava atenció a les respostes de Giovanni.

Quan l'estudiant es va quedar tot sol, va experimentar un enorme alleujament. Havia reeixit a salvar feliçment la situació. No tots haurien aconseguit treure's tan fàcilment de sobre Giacomo Amadio. Aquell petit èxit el va encoratjar.

Un advertiment subratllat

LENA I PAOLO s'esperaven a la plaça del mercat. Feien un posat contrariat.

—No ho hem pogut evitar —va dir Paolo així que Giovanni va arribar—. L'Amadio s'ha posat fet una fera quan ha sabut que només havies estat una estona a l'arxiu. T'ha vingut a veure?

—Sí. M'ha agafat desprevingut. Però me n'he sortit. M'he inventat uns mals de cap que se suposa que m'agafen de tant en tant.

Lena va aclarir, disculpant-se:

—Li he dit que t'havies traslladat a la fonda, perquè pensava anar a casa de l'Alessandra. M'ha semblat que no convenia que l'Amadio es presentés allà en aquests moments. L'ha sorprès molt que t'hagis mudat. Però no li hem dit res de per què ho has fet.

Giovanni va aprovar:

—Heu actuat com calia. És important que ningú no sàpiga què està passant.

—Alguns del curs comencen a sospitar —va advertir Paolo—. S'han adonat que fem capelleta. El teu comportament d'avui els ha cridat l'atenció. I com que saben que et vas estar en una habitació al costat del *palazzo* Balzani...

—Els hem de mantenir a distància —el va tallar Giovanni—. Si han de saber res, ho sabran més endavant. Sobretot l'Amadio: és el més perillós.

—El director de l'arxiu m'ha dit que el lligall Balzani va desaparèixer fa unes quantes setmanes —va informar Lena.

—Això és tot? —va preguntar Giovanni—. Quina explicació hi pot haver?

—Algú se'l va endur. No han pogut descobrir qui ho va fer. I no se n'ha sabut res més des d'aleshores.

—No sé de quina manera, però crec que tot el que està passant té relació amb la maledicció de l'astròleg i la desaparició de Beatrice. D'una forma estranya, el passat està influint en els esdeveniments actuals —va dir Giovanni.

—Beatrice, la que no morí mai —va recordar Paolo—. La Lena m'ho ha explicat. És una llegenda interessant. Però, què en trauràs en clar, d'uns fets tan llunyans? Per què t'entossudeixes tant a remoure'ls?

—No sóc jo qui ho ha decidit. De primer va ser l'atzar: a causa del retard de la meva arribada, vaig anar a parar a aquella habitació. Després, tot s'ha anat encadenant.

Aleshores els va parlar de Guido Forlani i del llibre dels miralls venecians. En acabat, mesurant molt les paraules, es va referir a l'home que havia vist a la seva antiga habitació. Finalment, va comentar:

—En aquell moment em vaig pensar que era mort. Ara no ho tinc tan clar. Potser estava sota els efectes d'algun sedant. L'aguant d'aquella dona m'ha destarotat. Li he donat a entendre el que sé, i no s'ha immutat. Fins i tot m'ha amenaçat que aniria a queixar-se a la universitat.

Paolo, que es veia amoïnat, va dir:

—Aquest assumpte cada vegada m'agrada menys. No has pensat a denunciar-la?

—Sí, però he decidit no fer-ho. Han passat massa hores. Si ara escorcollessin la casa, de segur que no hi trobarien ni rastre d'aquell cos. Seria inútil. Ells ja es deuen haver mogut.

—Ells? Qui? —va preguntar Lena.

—No ho sé. Ella i algú més. Em fa l'efecte que té còmplices o actua a les ordres d'una altra persona.

—No tens por que, callant, no et converteixis tu també en el seu còmplice? —va temptejar Paolo, fent-lo participar dels seus propis temors.

—Parlaré en el moment oportú. Potser molt aviat. Quan sàpiga més coses per inculpar-los. Però abans necessitaré un marge per actuar pel meu compte. Esteu disposats a continuar ajudant-me?

Paolo estava molt reticent. Va explicar:

—El cas és que tot plegat m'imposa una mica. Accepto ajudar-te, com ahir, però no vull anar empalmant un espant rere l'altre. Sóc una persona més aviat tranquil·la, no serveixo per a certes coses.

—Ni jo te les demanaré, Paolo. Em podràs ajudar sense passar cap mala estona.

Lena va dir al seu torn, esquivant tot compromís:

—Tinc uns moviments molt limitats, sobretot de nit. No puc rondar d'aquí cap allà. Els meus pares no m'ho permetrien, fes-te'n càrrec.

—No pretenc que facis res que no puguis fer.

Ella, de sobte, va canviar de to:

—No ets tu, Giovanni, qui es proposa fer coses que no pot fer?

—Explica't millor —li va demanar el napolità, amb un gest d'impaciència.

—Perdona, però crec que estàs anant massa lluny —Lena li parlava com si li requés el que li estava dient, però considerava que ho havia de fer—. Una cosa és sentir-se atret per la llegenda d'un lloc que acabes de conèixer, i una altra de molt diferent anar entrant de nit a les cases i trobar-s'hi morts que no se sap si ho són.

—Vejam —va dir Giovanni, crispat—: així doncs, segons tu, segons vosaltres —va corregir incloent-hi Paolo, que semblava incòmode en vista de la situació que s'estava creant—, què és el que haig de fer?

—Deixar de banda aquest assumpte durant uns quants dies i esperar a veure què passa. Serà la cosa més pràctica —va respondre Lena.

Al napolità no li cabia al cap que els seus amics li posessin tantes objeccions i demostressin tan poc interès en el misteriós assumpte que tenia entre mans. Tanmateix, no volia allargar-se en discussions. Tampoc no esperava que Lena i Paolo avançarien amb ell incondicionalment, sinó tan sols que el continuarien ajudant en coses concretes, com havien estat fent fins aleshores. Mirant de guanyar-se'ls una altra vegada, va afegir en to conciliatori:

—No us demano que estigueu d'acord amb tot el que faig, però sí que en certs moments sigueu la prolongació dels meus ulls i de les meves mans, sense ficar-vos en situacions difícils ni comprometre-us en res. Us sembla que abuso massa de vosaltres o que sóc molt pesat? Sisplau, el vostre ajut em fa falta.

Lena va estar rumiant uns moments. Després, més receptiva, tot i que sense gens d'entusiasme, va preguntar:

—Com et puc ajudar?

Giovanni va respondre de seguida:

—Investiga tant com puguis la història de Beatrice Balzani.

—Ja t'he dit tot el que en saben els meus pares.

—Pregunta a d'altres parents teus, a gent coneguda, a qui calgui; que siguin persones grans, si pot ser. Ells són els que en podran recordar més detalls. Ja que els documents escrits han desaparegut, recorrerem als records vius. Per cert, m'agradaria molt saber com es deia el parent de Beatrice.

—El que es va entestar a convertir-se en el seu marit? —va preguntar Paolo.

—Exacte. Tinc una sospita en relació amb ell. Saber com es deia m'ajudaria a confirmar-la.

—Ho intentaré. Quina sospita és?

—M'estimo més dir-t'ho quan en sapiguem el nom. No queda exclòs que jo pugui estar equivocat. Més que una sospita és un pressentiment.

—I de mi, què vols? —va preguntar Paolo. Es veia que tenia por que Giovanni no li encomanés alguna cosa que no fos del seu gust.

—Una missió adient amb la teva perspicaç capacitat d'observació —va anunciar el napolità per engrescar-lo—. Quan ja s'hagi fet fosc, vés a rondar pels voltants del *palazzo* Balzani i estudia una manera d'entrar-hi sense cridar l'atenció. No vull que l'Alessandra em vegi per allà. A tu no et coneix.

—Però si està tancat i barrat perquè no hi entrin rodamóns!

—Per més tancat que estigui, un gran edifici abandonat sempre té un punt feble per on s'hi pot entrar. Això és el que vull que descobreixis.

—D'acord —va dir Paolo, un xic més tranquil, tot i que no gaire—. Ho intentaré.

—Aniràs a classe aquesta tarda? —va preguntar Lena a Giovanni.

—No. Ja m'he excusat davant l'Amadio aquest matí. Seré a l'habitació, rumiant. Si es produeix cap novetat, em trobareu allà.

Després de menjar una mica sense fixar-se gaire en el que mastegava, Giovanni va tornar a refugiar-se al seu cambró.

Va rellegir moltes vegades tot el que feia referència als miralls de Guido Forlani. Després va fullejar les pàgines restants del llibre. Alguns paràgrafs li cridaven especialment l'atenció. Gairebé sense adonar-se'n, els anava emmagatzemant a la memòria, alimentaven el seu afany investigador.

L'espai interior dels miralls constitueix una espècie de dimensió alhora propera i llunyana. El nostre reflex l'habita, ens hi veiem dins i, tanmateix, ens és prohibit de travessar aquest llindar que, aparentment, se'ns presenta obert. El mirall és imatge i és misteri. Els seus reflexos són reals, els podem contemplar amb els ulls oberts, però la seva no existència material els fa semblants als somnis. Això explica la seva fascinació, els innombrables casos de fets misteriosos que han passat i passen davant dels miralls...

... Alguns mags del passat empraven miralls de diferents tipus (plans, còncaus, esfèrics, múltiples...) per aconseguir un elevat grau de concentració. Això els permetia d'exercir les seves facultats...

... Són nombroses les persones que en el decurs dels segles han assegurat haver vist als miralls coses diferents de les que normalment es podia esperar que reflectissin. No hi ha cap altre objecte d'ús corrent que hagi donat peu a tantes cròniques sorprenents. Per això, la tradició atorga als miralls la categoria d'elements màgics...

... Els miralls enfrontats, amb la seva il·limitada successió d'imatges reflectides, són símbols enigmàtics d'un més enllà en el temps i en l'espai...

... Ningú com el mestre Forlani no ha sabut dur a la seva màxima expressió totes aquestes possibilitats. Per això, les seves obres, els seus fabulosos miralls venecians, són peces d'un valor incalculable.

En arribar a les últimes pàgines del llibre, Giovanni va veure que un paràgraf havia estat subratllat. La tinta, tot i esmorteïda pels anys, tenia el mateix to gris que les inicials de la portadella. Semblava evident que tot plegat era obra de la mateixa mà. El fragment que havia cridat l'atenció de la persona les inicials de la qual figuraven mig esborrades a les primeres pàgines, deia el següent:

És necessari incloure en aquesta obra un advertiment important:

«Els miralls de l'artista Guido Forlani poden ser perillosos per a l'equilibri emocional de les persones poc preparades per afrontar fenòmens inexplicables. Es recomana de no tenir-los exposats en llocs on puguin ser vistos per gent impressionable.»

Aquell paràgraf, i el fet que estigués subratllat, van accentuar encara més la sospita que Giovanni covava.

La claror de la tarda s'apagava. Ja havia examinat prou el llibre. Es va estirar al jaç, especulant sobre unes quantes idees. Els esdeveniments d'un segle enrere semblaven cada cop més pròxims.

Estava immers en les seves reflexions quan va sentir uns passos precipitats a l'estret corredor que conduïa a la seva cambra.

Va amagar el llibre darrere de la cortina que cobria el succedani d'armari i es va acostar a la porta. Quan es disposava a obrir-la, algú va trucar amb cops ràpids.

Paolo va aparèixer al llindar. Tenia el rostre desencaixat i panteixava. Com un emissari funest, va anunciar:

—Sort que t'he trobat! Al *palazzo* està passant una cosa desastrosa per als teus projectes! Anem de seguida cap allà; encara que temo que ja serà tard!

Mascarada nocturna

PAOLO CAMINAVA com un veritable esperitat. Giovanni havia de córrer pel passadís per mirar de poder seguir-lo.

—Però, digue'm, què passa?

Sense aturar-se, travessant el vestíbul de la fonda, Paolo va explicar a batzegades:

—En Giorgio i quatre més del curs s'han ficat allà dins!

—Com, que s'han ficat allà dins! Per què? Per on? No vagis tan de pressa!

—Pel que es veu, han sentit alguna cosa de les nostres converses, n'han tret suposicions i això els ha donat la idea. Ens han fet ben bé la llesca!

—De quina idea parles?

—De la d'anar al *palazzo* Balzani per comunicar-se amb el fantasma de Beatrice. Jo hi acabava d'arribar. Em disposava a fer el que m'havies demanat. Llavors els he vist venir. Portaven ciris, llençols, màscares i no sé quantes coses més. Tot plegat era com un joc per buscar emocions fortes. M'han dit que entrés amb ells al *palazzo*, però no he volgut, és clar.

Una vegada copsada la situació, Giovanni es va irritar com poques vegades ho havia fet en la seva vida.

—Mal llamp els encengui! Aquests imbècils no han trobat un lloc millor per fer-hi la seva estúpida mascarada. Per on hi han entrat?

Mentre continuaven avançant veloçment pels carrers, Paolo va explicar:

—Aquest és el problema. Sense miraments ni contemplacions, han trencat les tanques de les cadenes d'un portal lateral. Demà, a la llum del dia, es veurà d'un tros lluny que aquella entrada ha estat forçada. L'hauran de tornar a tancar. Potser hi posaran vigilància durant un quant temps perquè el fet no es repeteixi. Tot això capgira els teus plans!

Giovanni no havia vist mai Giorgio de bon ull. En aquells moments la seva aversió envers ell era màxima. Sense exceptuar els que l'acompanyaven, el veia com el culpable principal d'aquella bajanada tan inoportuna i desencertada.

—Has fet bé de venir-me a avisar. Hem d'impedir que facin malbé els miralls.

—Vés amb compte; van beguts. S'han envalentit amb vi per entrar de nit a l'edifici.

—Els traurem d'allà abans que hi facin cap disbarat —va assegurar Giovanni.

—Són cinc i nosaltres només dos. No escoltaran raons.

—Sigui com sigui, els deixarem sense diversió. Són una colla de profanadors!

—Vols dir que no en fas un gra massa?

—El que em fa més por és que no se'ls acudeixi trencar els miralls. Els necessito intactes!

—No crec que gosin arribar tan lluny —va dir Paolo.

—Amb una trepa com ells no se sap mai.

Quan van ser allà, van veure que no hi havia ningú prop del *palazzo*. De fora estant no s'advertia res del que hi passava a dins. Els voltants estaven tan solitaris com de costum. Res no cridaria l'atenció a un vianant ocasional.

Però mirant atentament, tal com Giovanni i Paolo van fer, sí que era possible veure lleugeres resplendors a través d'alguns dels finestrals de l'edifici. L'altre indici revelador era encara més difícil de percebre en la penombra: les argolles de les cadenes del portal lateral havien estat arrencades.

Giovanni es disposava a entrar. L'actitud silenciosa i retreta de Paolo era d'allò més explícita.

—Espera'm aquí. Miraré de salvar la situació —va dir Giovanni al seu temorós acompanyant.

—No et faran gens de cas. Pensen passar aquí tota la nit, fins a trenc d'alba.

—Això ja ho veurem —va amenaçar el napolità, no tan segur de les seves forces ni de la seva capacitat de convicció com aparentava.

Va començar a empènyer el portal forçat. De seguida, però, va deixar de fer-ho: una remor de veus s'acostava des de l'interior del *palazzo*.

—Vénen cap aquí —va observar Paolo.

—M'ho posen més fàcil, doncs. Així em sentiran abans.

—Espera! Sembla que volen sortir.

Les veus sonaven cada cop més a prop, confoses i alterades. Giovanni va canviar d'idea:

—Anem al carreró del fons de la plaça; si no van cap allà, no ens veuran.

Aquella idea va agradar a Paolo. Tots dos van anar a amagar-se en un tancar i obrir d'ulls, i van quedar colgats per la foscor. Al cap de poca estona, el feixuc portal del *palazzo* es va obrir, i els cinc estudiants van sortir-ne d'una manera una mica precipitada. Semblava que fugissin d'alguna cosa.

Quan van ser fora, pel que es deduïa dels seus gestos, van començar a intercanviar retrets. Giorgio va clavar una empenta a un dels altres. L'agredit va tentinejar i va estar a punt de caure a terra.

Després, com una quadrilla vençuda i humiliada, tots cinc es van anar allunyant de l'edifici. Un d'ells va quedar una mica endarrerit. Semblava que es trobava malament.

Giovanni va voler aprofitar l'avinentesa:

—Paolo, sisplau, vés a preguntar-li què ha passat.

—Vols dir? —va replicar Paolo, indecís.

—M'estimo més que no sàpiguen que he vingut. A tu ja t'han vist abans. No els estranyarà tornar-te a veure.

Paolo va anar a trobar el noi que s'havia quedat enrere. El va atrapar sense dificultat, i van estar parlant una breu estona. Després es van separar, i Paolo, fent marrada, va tornar al carreró on Giovanni l'esperava.

—Què t'ha dit?

—Els han passat les ganes de jugar a fantasmes. Em fa l'efecte que s'han posat d'acord per no parlar del que ha passat. Però s'han espantat molt. Em sembla que han vist alguna cosa.

—Anava gaire begut?

—Em sembla que no gaire. Almenys no prou per veure visions a causa del vi. Si han vist res, ho han vist de veritat. I ha estat prou impressionant per fer-los desistir i sortir a corre-cuita. No feia broma. La seva por era de debò; es podia tocar.

Giovanni va reflexionar durant uns moments. Tot seguit, va dir:

—Vaig a entrar al *palazzo.*

—Amb tot el que ha passat? —va exclamar Paolo, alarmant-se com si hagués sentit una gran temeritat.

—Potser no ho podré fer fins d'aquí a molts dies. Haig d'aprofitar l'ocasió. M'han fet un favor fent-se enrere.

—Però no s'han fet enrere per gust, sinó perquè s'han espantat.

—Ells es volien divertir. Jo, no.

—No et fa por?

—Em sembla que sí. Per això hi vaig. La por és la frontera que cal travessar. Beatrice Balzani necessita que algú arribi al seu secret. Si cal fer-ho a través de la por, ho faré.

Paolo el va mirar impressionat. Encara que tot feia entendre que tenia moltes ganes de marxar d'allà, va oferir:

—Vols que t'esperi?

—No sé quant de temps estaré a dins.

Paolo, en silenci, dubtava. Tot seguit, va dir:

—M'esperaré una estona, per si de cas em necessites per a res o t'hi repenses. Si surts aviat, seré aquí fora.

—Com vulguis —va respondre Giovanni—. Espera't una mica i, després, vés-te'n a descansar.

El napolità va travessar la placeta i es va dirigir al portal violentat. Tenia el cor més encongit del que semblava. No sabia què podia haver esglaiat tant els altres, però correria el risc d'ensopegar-hi.

Veus en la nit

EL PORTAL VA CEDIR al primer esforç. Giorgio i els seus acompanyants amb prou feines l'havien tornat a encaixar al marc.

Un cop va ser enmig de la foscor de l'interior, Giovanni va trobar a faltar alguna cosa amb què fer-se llum. Era en una part del *palazzo* per on no havia passat, en territori desconegut.

Es va aturar sense saber com orientar-se. La nit era fosca. Pels finestrals entrava una claror que s'extingia tot just quan travessava els bruts vidres.

Mentre acomodava els ulls a la negror, va poder advertir una lluor distant que provenia de l'interior de l'edifici. Aquella lluminositat era lleugerament tremolosa, semblant a la d'una flama.

Giovanni va tenir por que els altres, en el moment de desbandar-se, no haguessin provocat un incendi. Al *palazzo* no hi havia gairebé res que pogués cremar, però la fusta resseca d'alguna de les poques portes que hi quedaven es podia haver encès fàcilment.

Va córrer tement pels miralls venecians. Aviat va comprovar que no es tractava de cap incendi. Els buscadors d'emocions havien deixat allà els seus ciris. La major part, encesos a terra; alguns eren a prop de la cambra dels miralls, i tres, a dins.

Al terra empolsegat hi havia un gran desgavell de petjades. No semblava que haguessin entrat cinc intrusos, sinó cinquanta.

Damunt de les lloses, hi havien dibuixat símbols ocultistes, una barroera invocació al més enllà. Giovanni va insinuar una ganyota de menyspreu.

Tal com temia, també els miralls havien estat objecte de l'atenció dels visitants. Amb tot, no hi havien fet cap destrossa. Va observar les figures esotèriques que havien traçat grollerament a la superfície dels vidres.

Va agafar un dels llençols tirats a terra i es va afanyar a esborrar aquells gargots. En acabat, va apagar tots els ciris que li van semblar de més. La seva claror podia arribar fins a l'exterior i delatar que al *palazzo* no hi havia la solitud de costum. Només va deixar encesos els tres que hi havia entre els miralls venecians.

Un cop presa aquella precaució, va continuar fregant els vidres amb la intenció de deixar-los tan lluents com fos possible. Va dedicar una llarga estona a aquella activitat. La concentració l'ajudava a foragitar imaginacions i temors.

La suggestió dels miralls semblava molt més gran després de l'enllustrament. Els tres ciris i la figura de Giovanni hi trobaven camins de propagació múltiple que arribaven molt més lluny del que la vista podia distingir.

Giovanni es va recordar aleshores del que havia llegit, i va mirar si els marcs tenien les inicials del mestre Forlani. Les hi va trobar de seguida. A tots dos, hi havia la G i la F, gravades en plata i al lloc habitual.

Potser eren els últims exemplars de l'artista venecià que quedaven al món. S'havien salvat del deteriorament i de la desaparició gràcies al fet d'estar sòlidament encaixats a la paret.

Al napolità li feia l'efecte de trobar-se prop d'un abisme tenebrós del qual no sabia res. Allò li produïa un neguit cada vegada més gran. No s'oblidava que Giorgio i els altres havien vist o notat alguna cosa capaç de transformar les seves rialles inicials en sensacions de pànic, fins a ferlos fugir atemorits.

Es notava molt tens. Sentia a les orelles un xiulet llunyà. Però no volia ni pensar a renunciar o tornar-se'n. Als miralls, hi veia alguna cosa més que el reflex múltiple del seu cos i de les flames dels ciris. La matèria d'aquells argents vius, la secreta composició dels quals només Forlani havia conegut, generava lluors i formes que no tenien relació amb el que hi havia davant dels vidres. Brollaven misteriosament dels miralls.

Va recordar el paràgraf subratllat del llibre, on s'advertia de com de perilloses podien ser les manifestacions dels miralls Forlani per a l'estabilitat emocional de les persones.

Amb el record d'aquelles paraules, va tornar a examinar els marcs. No va trigar a trobar-hi una altra cosa: a tots dos, hi figurava un senyal, a més de les inicials de Forlani.

Era el símbol utilitzat de vegades com a marca de regal de noces: dues aliances enllaçades. La data corresponia a la primera joventut de Beatrice. La seva presència era gairebé imperceptible entre les figures tallades a la fusta. Només algú que les hi busqués amb algun propòsit les hi podia trobar. Per als altres quedarien sempre confoses en la profusió d'ornaments dels marcs. Aquella troballa confirmava les sospites de Giovanni.

De sobte, va sentir una remor de veus, i va parar l'orella. Va pensar, inquiet, que venien de l'edifici contigu. Tornà a pensar en Alessandra i en l'home inert que jeia de bocaterrosa.

La remor de les veus creixia. Sonaven desmesurades. Però no procedien del pati porxat, sinó de la zona que donava a la placeta.

Giovanni va apagar els tres ciris. En quedar-se a les fosques a la cambra, va poder comprovar novament que el mirall dels símbols tenia una lluor pròpia, canviant, que desafiava tota lògica i es reflectia al de les màscares, creant així un àmbit lluminós entre tots dos, revestit d'una estremidora raresa.

Les veus li arribaven ara amb una certa nitidesa. Es va sostreure a la influència hipnòtica dels miralls i s'encaminà en el sentit d'on venien les remors.

Mentre s'acostava a les sales que donaven a la façana principal, va pensar que es podia tractar de Giorgio i els seus acompanyants, novament encoratjats per repetir la seva temptativa.

Aviat es va adonar que no eren ells. Les veus pertanyien a una gent de més edat. Estaven fent un xivarri considerable. Giovanni va creure haver arribat a la deducció correcta: «Algú s'ha fixat que les cadenes del portal lateral han estat forçades, i n'ha corregut la brama. S'han avisat els uns als altres. Ho veuen com un esdeveniment que ha de ser esbombat i investigat. D'aquí a uns moments entraran en massa.»

D'allò més contrariat, va decidir sortir al més aviat possible. Aprofitaria el guirigall de l'exterior per no ser descobert allà dins com un solitari violador de domicili.

Però, abans, l'instint estratègic que havia desenvolupat aquells dies li va fer prendre una mesura: va anar a la planta superior i, amb la màxima cautela perquè no el sentissin, va manipular un dels finestrals.

El va deixar aparentment tancat, però no resistiria una pressió des de fora.

Va baixar a corre-cuita l'escalinata. La cridòria de les veus augmentava. Provenia de la plaça. Semblava que allà s'hi hagués aplegat tothom.

Giovanni va obrir el portal lateral molt a poc a poc. Les seves esperances de sortir sense que el veiessin eren escasses. Amb tot, ho va voler provar.

Va ser una gran sort que aquella sortida no donés a la plaça. Gràcies a allò, ningú no el va veure abandonar l'edifici.

Va poder ajustar el portal, recular una mica i, en acabat, tornar sobre els seus passos en direcció a la plaça, com si vingués d'algun dels carrerons propers.

Quan va veure el grup, es va adonar del seu error. Eren uns dotze homes que no prestaven gens d'atenció al *palazzo* Balzani. Es tractava d'una colla d'embriacs en plena gatzara.

En veure'l aparèixer, el van saludar amb un cor de sorolloses rialllades. No eren de mofa; d'aquella manera saludaven l'aparició d'un nou participant en la gresca. Alguns se li van acostar, oferint-li vi com a invitació a afegir-se al grup.

Giovanni el va refusar sense males maneres. Només pensava a tornar a entrar de seguida al *palazzo*. Potser ho podria fer sense que ells se n'adonessin. La raó per la qual havia decidit sortir de l'edifici era injustificada. Res no el privaria de continuar la seva investigació sobre els miralls venecians.

La impaciència el va fer badar. Se'n va anar cap a la façana lateral sense adonar-se que dos d'aquells homes el seguien, decidits encara a convèncer-lo que s'ajuntés amb ells. Els movia la tenacitat capritxosa i infatigable dels borratxos.

Quan Giovanni els va veure, la relliscada ja no tenia remei. Ells, malgrat les boires del licor, havien vist alguna cosa estranya en la seva actitud. No trigarien a descobrir que el portal estava obert.

L'estudiant va arrencar a córrer. No volia estar ni un segon més davant d'aquells homes; després el podrien reconèixer. Va confiar que no li havien vist prou bé la cara.

Ells el van cridar a plena veu, estranyats per la seva sobtada fugida. Algú, en una de les cases properes, va amollar una imprecació a través d'una finestra. Aleshores, durant uns moments, els embriacs van callar.

Mirades al passat

EL PROFESSOR AMADIO va entrar convuls a l'aula. Es notava que la indignació li crispava les comissures dels llavis.

—Per a la meva desgràcia —va anunciar sonorament—, se m'ha comunicat que ahir a la nit uns quants alumnes van entrar il·lícitament a l'antiga mansió Balzani. Es tracta d'una falta molt greu. Com si fossin lladres, van forçar les cadenes d'una de les entrades de l'edifici. Una conducta vergonyosa i deplorable.

Giovanni es va preguntar si només sabia allò de Giorgio i els seus o també estava assabentat de la seva incursió. Amadio s'adreçava a tot el grup en general. Fins en aquell moment no s'havia aturat a mirar ningú d'una manera especial.

—El fet que un edifici es trobi en estat d'abandonament —va continuar sermonejant Amadio— no els autoritza a vostès, ni a ningú, a servir-se'n per celebrar-hi poca-soltades i ximpleries. No avergonyiré els infractors anomenant-los un per un —va concedir, mirant a banda i banda, i suggerint que ho podia fer perquè en coneixia la identitat—. Ells saben molt bé de qui estic parlant. Amb el que he dit n'hi ha prou i més que suficient. Espero que no em veuré obligat a referir-me un altre cop a assumptes d'aquesta naturalesa. No ho advertiré dues vegades: si es reincideix en aquests fets tan reprobables, hi haurà sancions exemplars que poden arribar fins a l'expulsió de la universitat. En certs casos no hi ha res de millor que els escarments definitius.

Amadio va fer una pausa. Semblava que esperés que les seves paraules es gravessin del tot en la memòria dels estudiants. Després, sense tornar a referir-se als esdeveniments del *palazzo*, va encetar una de les seves dissertacions magistrals sobre l'estudi del passat per mitjà de vestigis i documents.

Les seves darreres paraules, a manera de resum, van ser:

—El cronista històric digne d'aquest nom haurà de manejar sempre documents fidedignes i autèntics. Deixarà escrupolosament de banda tot el que faci pudor de falsia, superstició, enraonies sense fonament, deformacions llegendàries i afegitons fantasiosos. Tindrà el cap sempre fred i lúcid, i no es deixarà portar per rampells ni pressentiments. Es podrà apassionar en la seva feina, de vegades fins i tot li serà necessari, però sempre considerarà els fets amb distanciament. No oblidin mai aquestes exigències fonamentals.

Giovanni dissentia en part de les idees del catedràtic. Les experiències dels darrers dies li havien obert els ulls a d'altres possibilitats.

—Fem un debat —va dir el professor—. Qui vol prendre la paraula?

Es va produir el silenci de costum. Sovint semblava que Amadio proposés discussions només per demostrar que les seves teories no admetien rèplica ni diferències de criteri.

Giovanni, cedint a un impuls no meditat, va alçar el braç.

—Parli, Conti —el va assenyalar Amadio.

—Gràcies, professor. Només volia dir que... —Giovanni es va adonar de seguida que havia comès una imprudència. No sabia com expressar la seva opinió sense delatarse. Encara no podia parlar obertament del que estava vivint. No encara—... si ja de vegades és difícil interpretar degudament un fet històric normal, molt més ho ha de ser arribar a comprendre esdeveniments que es van produir per la intervenció de... factors anormals.

—A quins factors es refereix? —va inquirir el professor.

Giovanni es lamentava d'haver pres la paraula, però no podia deixar la seva intervenció en suspens. Com bonament va poder, continuà:

—Quan no hi ha documents o s'han perdut, podem trobar altres vies per arribar a l'origen d'un fet del passat. I no mitjançant l'anàlisi freda, que en aquest cas és impossible, sinó amb l'ajut de la intuïció i de la... implicació emotiva.

Amadio semblava incòmode i contrariat. Va exigir:

—No pot ser més explícit? Posi un exemple que tots entenguem.

Giovanni estava en un destret. Evidentment tenia un exemple; per això parlava d'aquella manera. Així i tot, no el volia exposar de cap manera. No va trobar cap més sortida que donar una resposta ambigua:

—El passat és en part un misteri. I les vies que ens poden acostar al seu esclariment són diverses.

—Això és tot el que ha de dir? —va preguntar Amadio despectivament.

—Sí, professor —va respondre Giovanni amb modèstia.

—Doncs, d'ara endavant, estalviï's les divagacions inoportunes. Pel que es veu, només el condueixen a la confusió. Una cosa són els procediments dels poetes i els artistes, i una altra cosa de molt diferent els dels cronistes històrics. Entesos?

A Giovanni li va doldre el reny. Amb tot, es va alegrar que Amadio hagués donat la qüestió per enllestida.

La mirada del napolità i la de Lena van coincidir. Ella amb prou feines li va insinuar un somriure. Paolo es trobava més al fons, amb cara endormiscada. Dirigia la mirada cap a Amadio. La seva atenció, però, no se sabia on era.

El catedràtic va afegir algunes consideracions sobre els mètodes de la investigació històrica i, tot seguit, va anunciar una cosa que Giovanni va trobar d'allò més interessant:

—Com ja és tradicional, les dues pròximes jornades les dedicarem a fer una visita en grup a la ciutat de Venècia. Però no es pensin que el viatge serà merament de plaer; també durem a terme algunes activitats d'estudi. Els carruatges de la comitiva sortiran demà a les nou en punt de la porta principal de la universitat. No cal que els digui que no esperarem els que arribin amb retard.

Giovanni es va adonar de seguida que aquella circumstància li podia ser molt favorable. Disposaria de dos dies i dues nits d'una total llibertat de moviments. Un cop acabada la sessió, es va acostar a Amadio i li va dir:

—Em permet, professor?

—Digui'm, Conti. Que potser vol insistir en la seva desencertada intervenció de fa uns moments?

—No, ja està oblidada.

—Me n'alegro. De què es tracta, doncs?

—A causa de la meva tardana incorporació i dels meus mals de cap, no estic gaire al dia pel que fa a les matèries del curs. Per això he decidit, encara que em dol, renunciar a la visita a Venècia. Així aprofitaré les dues jornades per recuperar el que he perdut.

Amadio, visiblement de bon grat, va contestar:

—Aprovo la seva decisió, Conti. I reconec que m'estava formant una opinió equivocada de vostè. Molts, al seu lloc, s'afegirien al viatge sense amoïnar-se per res més. D'acord, quedi's a Pàdua i aprofiti el temps al màxim. Demà passat l'altre, ens tornarem a veure.

—Gràcies, professor —va somriure l'estudiant, satisfet de veure que el truc havia estat convincent.

Més tard, en un dels corredors que conduïen al claustre, Giovanni va tenir l'ocasió de parlar amb Lena i Paolo sense cap orella indesitjable a la vora.

—Em sembla que ja sé per què Beatrice Balzani va caure en aquella estranya malaltia de la son.

—Per què? —van dir tots dos a l'unísón, intercanviant una ràpida mirada.

—Abans, digue'm, Lena: has pogut esbrinar com es deia l'oncle aspirant a marit?

—Sí, ja no me'n recordava: Carlo Balzani-Ponti.

—Exacte, tot concorda a la perfecció! —va exclamar Giovanni amb aire triomfal—. Les inicials del llibre dels miralls sembla que siguin *CR-P*. Però la *R* és una *B* parcialment esborrada. Va ser ell qui va tenir el llibre a les seves mans, qui va subratllar el paràgraf que parla del caràcter perillós dels miralls Forlani, de la seva influència sobre les persones sensibles.

—I tot això, si fos veritat, què demostraria? —va preguntar Paolo.

—L'oncle de Beatrice va dur els miralls al *palazzo* com a present de noces anticipat. Segurament hi va gastar els últims diners que li quedaven. Va ser una mena d'inversió. Pensava fer servir els poders dels Forlani per sotmetre la voluntat de la seva neboda. De segur que ella es resistia a unir-se en matrimoni amb un home vell que, probablement, li desagradava d'allò més. I ell va voler doblegar la seva voluntat. Somiava de veure's com l'amo i senyor del *palazzo* Balzani per la resta dels seus dies. Per això la va exposar a la perillosa influència dels miralls. Però el seu miserable pla no va donar el resultat que esperava. Beatrice es va refugiar en els seus deliris, potser en part simulats, per tal d'allunyar-lo, i no va afluixar la corda.

—I la malaltia de la son que la va acompanyar tota la vida? —va preguntar Lena.

—Potser va ser la seqüela que li va quedar de tot allò, si no la patia ja des d'abans. Fos com fos, els miralls van continuar al *palazzo* i hi han estat fins avui. El seu poder no s'ha extingit. He tingut l'oportunitat de comprovar-ho.

Gràcies a ells sabré la resta de la veritat i les causes de la desaparició de Beatrice.

—Tan segur n'estàs? —va preguntar Paolo amb cara d'estar pensant que el seu impulsiu amic es feia massa il·lusions.

—Tant com en puc estar —va replicar Giovanni, i els va explicar les seves aventures nocturnes i l'incident final amb els embriacs. Després va afegir—: Li he dit a l'Amadio que no aniré a Venècia. Intentaré fer una tercera incursió al *palazzo*. Tinc el pressentiment que serà la definitiva, la que m'obrirà les portes del passat.

La que no morí mai

L'EXPEDICIÓ a Venècia constava de tres carruatges. Giovanni va anar a acomiadar-los. En veure'l allà, el catedràtic, arrufant les celles, li va preguntar:

—Ha canviat de parer en l'últim moment, Conti?

—No, professor. Només he vingut en missió de comiat.

—Ah, molt bé! S'agraeix —va dir Amadio distretament, mentre consultava un feixuc rellotge que portava lligat al cinyell—. Que li sigui profitosa la renúncia.

—Això espero —va respondre l'estudiant, sense deixar entreveure les seves veritables intencions.

Després va ajudar a col·locar els equipatges damunt del sostre dels vehicles, operació que els alumnes van fer sota la direcció dels cotxers.

Lena es trobava a un costat, contemplant l'escena. Giovanni se li va acostar un moment. Van parlar en veu baixa.

—Que tingueu bon viatge —li va desitjar el napolità.

—Gràcies.

—Com espero tenir-lo jo.

—On penses anar? —li va preguntar estranyada.

—A l'interior dels miralls del *palazzo.*

Lena el va mirar amb cara de preocupació, però no li va poder dir res més perquè ja la cridaven des d'un dels carruatges.

La comitiva va sortir poc després. L'estrèpit de les rodes i els cavalls sobre l'empedrat no va tardar gaire a extingir-se. Giovanni els va veure allunyar-se cap a les mirífiques humitats venecianes. Després, caminant com un passejant desvagat, va dirigir els seus passos cap a la mansió dels Balzani.

La casa d'Alessandra estava, com de costum, immersa en una lacònica calma. Giovanni, adreçant-se a la dona, va dir dintre seu: «No et pensis que ja m'he oblidat del que vaig veure. Només callo momentàniament. Quan hagi acabat el que haig de fer, tindràs notícies meves. I no t'agradaran.»

El Consell paduà havia ordenat la nova clausura del *palazzo*. Un parell d'homes hi estaven reparant les petites destrosses provocades pels estudiants. Havien portat més cadenes i argolles per convertir el portal lateral en un accés inexpugnable.

Els dos operaris feinejaven amb parsimònia. Prenent-s'ho amb calma, paraven de tant en tant per descansar, com si donessin per fet que estarien allà tot el dia.

Sovint se'ls acostaven ciutadans a preguntar. Tots dos alhora, molt engrescats, es lliuraven a extenses explicacions sobre el que havia passat allà. No s'oblidaven de guarnir-les amb detalls de collita pròpia, perquè la crònica fos més lluïda.

Giovanni va considerar que la situació prometia. Semblava molt improbable que uns individus tan despreocupats s'haguessin adonat que un dels finestrals de la primera planta estava només ajustat. De segur que no es prendrien la pena de revisar-los. Es limitarien a executar allò que se'ls havia encomanat: carregar el portal de cadenes, i prou.

El napolità es va allunyar de l'indret. S'estimava més no deixar-se veure per allà. Era millor que ningú no el pogués vincular amb res que tingués relació amb el *palazzo*.

Es va dirigir a la fonda. Volia dedicar una part del dia a repassar el llibre dels miralls.

Quan va entrar a la cambra, va notar de seguida que alguns objectes no estaven tal com ell els havia deixat. Algú els havia regirat. Els membres del reduït personal de la fonda no ho feien mai. Cadascú s'arreglava l'habitació al seu gust. Havia d'haver estat un altre estudiant o una persona que no fos de l'establiment. Qualsevol podia entrar o sortir d'allà sense que ningú li preguntés on anava.

Semblava que havien escorcollat les seves coses, com si busquessin quelcom de concret. Giovanni va pensar aleshores en la carta inacabada. Es va afanyar a comprovar si era on la tenia amagada. La hi va trobar, no havia desaparegut.

Tot seguit es va voler assegurar que el llibre dels miralls encara es trobava on l'havia deixat. Va mirar a dins del buit que feia d'armari. No l'hi va veure. Tot i que estava molt segur que l'havia ficat allà, ho va regirar tot a la recerca del volum desaparegut. Va enllestir de seguida: no era enlloc. Se l'havien endut durant el breu temps que havia esmerçat a acomiadar els seus companys; una hora encara no.

Giovanni es pensava que només Lena i Paolo sabien que tenia el llibre. Ara va comprendre que algú més n'estava al corrent. Els seus dos amics no l'hi podien haver agafat, no en tenien cap necessitat; en qualsevol moment l'hi podien demanar i, a més, no havien tingut la possibilitat d'entrar a la cambra en aquella curta estona. Ja es trobaven al costat dels carruatges abans que ell arribés a la porta de la universitat, i havien estat allà fins al moment de marxar. L'autor del furt havia de ser una altra persona. Giovanni, però, no reeixia a endevinar qui podia haver descobert que el llibre dels miralls era a les seves mans, ni per què se l'havia endut. Així i tot, es va preguntar: «Deuen haver volgut eliminar la prova que demostra que Carlo

Balzani-Ponti es volia servir del poder dels miralls per doblegar la voluntat de Beatrice? Les seves inicials i el paràgraf subratllat en són indicis suficients. Però, qui pot estar interessat, al cap d'un segle, a suprimir aquest testimoni?»

Es va deixar caure al desendreçat jaç. Va cloure els ulls. Novament va visualitzar la recòndita lluor que habitava als miralls. A poc a poc, va anar notant que l'envoltava. No va fer res per evitar-ho.

Camuflat sota una capa, Giovanni caminava pels tenebrosos carrers de Pàdua.

Havia esperat a la mitjanit per assegurar-se que tenia el camí completament lliure. No volia testimonis de la seva presència als voltants del *palazzo.* L'edifici d'Alessandra estava aparentment adormit i en calma. Però ell sabia que allò no volia dir res. Hi va passar per davant sense aturar-s'hi, escudat en l'anonimat.

A l'entorn del Balzani tot semblava solitari. Però hi podia haver vigilants a l'aguait.

El portal lateral havia estat tancat amb una aparatosa munió de cadenes i argolles. D'altra banda, l'entrada de la façana principal estava, com sempre, sòlidament clausurada.

Giovanni va anar cap al fons de la placeta. D'allà estant, arrecerat en la foscor, va observar atentament l'edifici i la rodalia. No hi va veure res que l'obligués a desistir del seu propòsit.

L'ascensió fins al finestral manipulat no comportava gaires riscos ni entrebancs. Els mateixos relleus ornamentals d'aquella façana principal oferien els punts de suport necessaris per a l'escalada.

Es tractava d'enfilar-s'hi tan de pressa com fos possible, per reduir al mínim la probabilitat de ser vist per algú que passés per allà casualment.

Reaccionant a un senyal que es va fer a ell mateix, va travessar la placeta i començà a pujar pels sortints que conduïen al finestral.

Quan estava a punt d'obrir-lo, va témer trobar-lo barrat. Arrossegat per aquell temor, el va empènyer més fort del compte. No hi havia obstacle. La seva pròpia embranzida el va fer caure a dins. Sense perdre temps, va tornar a tancar el finestral.

Portava una provisió d'espelmes, però no les va voler encendre encara. La claror, vista des de fora, delataria la seva presència a l'edifici.

Va avançar enmig de la foscor, confiat en el seu sentit de l'orientació. Quan per fi va encendre la primera espelma, va veure que els enviats del Consell havien retirat d'allà els ciris, els llençols i tots els altres objectes abandonats per la camarilla de Giorgio. Només hi quedava l'enorme confusió de petjades.

Va deixar encesa l'espelma en una peça interior i es va esquitllar fins a una de les galeries per observar la seva antiga finestra. Estava tancada. La cortina, en canvi, no. Algú, dissimulat en la penombra, podia estar vigilant.

Giovanni, però, no pensava donar-li senyals de la seva presència al *palazzo*. S'havia proposat evitar-ho. Va anar a la cambra dels miralls. Continuaven nets, brillants, com els havia deixat dues nits abans.

Durant una estona va romandre abstret, amb l'espelma encesa a la mà, mirant-ne les profunditats. Esperava la secreta lluor que, segons creia, no trigaria a manifestar-se.

De sobte, va recordar la carta inacabada. Sobretot un cert paràgraf. Tenia la mateixa sensació inquietant descrita pel seu autor.

Els sentits li deien que no hi havia ningú més a la cambra dels miralls. Però l'instint li feia pressentir que no es trobava sol, que molt a prop hi havia alguna presència, algú... alguna cosa.

També li va semblar que notava una amenaça en l'ambient. Es va girar de cop i volta, va escrutar tots els racons, totes les ombres. No va veure res. Després va sentir que d'aquella presència invisible no n'emanava amenaça, sinó antiguitat, secret, oblit, ressons morts del no-res.

Sense adonar-se'n, els seus llavis van murmurar amb veu ofegada:

—El que sé que no és possible, pot passar aquí per obra dels miralls de Forlani?

Un freda alenada va travessar la cambra. La flama de l'espelma va vacil·lar i va estar a punt d'apagar-se. No era un corrent d'aire que venia de fora. A l'exterior, la nit estava totalment encalmada.

Aquella exhalació glaçada no tenia cap causa que ell es pogués explicar. Es va estremir.

En uns quants segons, li van venir a la memòria algunes històries de fantasmes i esperits que, tètricament explicats per persones que les donaven per certes, havia sentit quan era petit.

La segona alenada d'aire fred va ser molt més intensa. Giovanni va mirar de protegir l'espelma amb la mà. Només va aconseguir ajornar durant uns moments el que era inevitable: la flama es va vinclar fins a ofegar-se en la cera liquada.

La sobtada foscor li va fer veure un altre cop en els miralls venecians quelcom que tenia vida pròpia. Va pensar que allò havia trencat l'equilibri mental de Beatrice Balzani. Va tenir por, com mai no n'havia tingut.

Però ni tan sols es va plantejar la idea de fugir. S'havia oblidat d'ell mateix. Estava renunciant a la raó sense adonar-se'n.

Ja només esperava un missatge de més enllà del temps. Un intens tremolor li sacsejava tot el cos. Tampoc no s'adonava d'allò. Només tenia ulls i sentits per al que estava apareixent als dos vidres alhora, amb una perfecta i estremidora simetria: des d'una remota distància, una figura nebulosa s'acostava.

Abans de veure-la clarament, la va reconèixer pel fermall de diamants. Era el mateix que lluïa als dos retrats de la galeria dels pintors paduans. Brillava com un conglomerat d'estels que es fragmenten per alliberar una energia prodigiosa. Beatrice Balzani, la que no morí mai, l'estava envaint pels ulls.

S'acostava des del llunyà fons dels miralls, molt a poc a poc, amb una lentitud ominosa, com si mai no s'hagués de completar el seu trànsit des de la mort fins al món dels vius.

Quan la figura va començar a prendre forma en l'aire estancat de la cambra, l'estudiant, embruixat, va allargar els braços per tocar-la.

El fred es va fer aleshores tan pronunciat, que el va notar a les entranyes. Les cames se li van doblegar. Llavors va pensar en Lena. Va tenir ganes d'abraçar-la. Ella el podria fer tornar al món de la vida. Però sabia que era lluny, a la badia veneciana. La va trobar molt a faltar, com si fos una part d'ell mateix que li mancava.

La figura immaterial de Beatrice Balzani ja havia emergit completament de tots dos miralls: es trobava en l'aire.

Giovanni va sentir una onada de vertígens i nàusees. Va caure sobre les lloses empolsegades. Respirava fatigosament. Necessitava més aire del que hi havia a la cambra. Es trobava ja a mercè de les forces del passat. Els miralls venecians havien capturat una nova consciència entre les seves aigües.

A l'ultramón

L'ONADA DE POR que l'havia fet desmaiar es va desdibuixar quan va entrar en la inconsciència. En lloc seu va guanyar pau i una forma desconeguda de clarividència. Tot i que els seus ulls, closos en un son profund, no la podien veure, la imatge de Beatrice continuava dins d'ell. Estava molt a prop d'aconseguir el que anhelava. Descobriria un missatge que havia esperat més d'un segle a revelar-se. Resplendent i impalpable, la seva autora l'acompanyava en aquella cambra. Des de la pregonesa de la inconsciència, tenia visió dels seus lents moviments, del seu pàl·lid rostre de donzella lliure del càstig dels anys, de la rara intensitat de la seva mirada. Ella es va desplaçar per l'aire amb la lentitud d'un son etern. Semblava que sabés que Giovanni la veia amb els ulls del pensament.

Mirant-lo a ell, Beatrice va anar entrant al mirall de les màscares. Hi va desaparèixer, disgregant-se, tornant al no-res. Després, el vidre del mirall va traspuar aigua clara, i el seu revestiment platejat es va començar a fondre.

L'argent viu de Forlani s'estava liquant. Lliscava per l'interior del vidre formant llàgrimes vives de mercuri, rius de plata.

Les flors resseques, amagades durant més de cent anys, es van començar a transparentar.

També ho va fer el pergamí enrotllat. El lligava una cinta que algun cop havia estat violeta i ara era d'un color gris blavós, gairebé del color intemporal de la pols.

I, finalment, va aparèixer el modest taüt metàl·lic, ocult tants anys a l'interior de la paret, com una barca dipositada a l'escar d'un moll de l'Adriàtic.

Quan Giovanni Conti va tornar en si, ja clarejava.

Tenia el cos atordit, però no l'enteniment. Guardava un clar record del tot el que havia vist en el profund ultramón del son.

La claror del matí s'esmunyia ja entre els miralls venecians. A tots dos vidres no hi havia altra llum que la del dia, dòcilment reflectida. Fora d'allò, estaven muts, apagats, com tants d'altres. Potser ja estarien sempre així. Tant se valia. Giovanni ja sabia la veritat. Només li faltava comprovar-la.

Va anar a buscar una de les barres d'afermament dels finestrals. Era el que podia servir millor al seu propòsit.

Va tornar davant del mirall de les màscares. El seu revestiment d'argent viu estava intacte. Però ell havia vist com es liquava i sabia que el vidre era en realitat una làpida.

Si no hagués estat pel que havia vist en el somni, mai no hauria gosat fer el que va fer.

El primer cop, massa prudent, no va arribar ni a esquerdar el mirall. En el segon, hi va posar més força. Sabia que estava complint la voluntat de Beatrice. L'enorme vidre es començava a trencar. Llavors hi va etzibar un tercer cop: el definitiu.

La part central del mirall va cedir i va caure a terra, convertida en tot de bocins llambrejants.

Al buit posterior, hi van aparèixer les flors seques. Van vibrar uns moments sota la seva mirada abans de disgregar-se en una pols cendrosa. El pergamí enrotllat, idèntic al que havia vist en el somni, va quedar a l'abast de la seva mà. La mateixa cinta de color gris blavós el cenyia en una abraçada. En el seu àvid afany per agafar-lo, es va tallar el revés de la mà amb una aresta del mirall que encara no s'havia desprès. Amb prou feines, però, en va notar la incisió. No hi va donar importància fins que, quan va començar a llegir el pergamí, va veure que hi queien gotes de la seva sang. Va pensar que d'aquella manera encara seria més íntima la comunicació que l'esperava.

L'esmorteïda tinta del document havia resistit malament el pas del temps. Però, tot i així, el va poder llegir, no sense un tremolor de mans, acostant-se a la claror que entrava per les galeries i els finestrals.

Era el singular testament de Beatrice Balzani.

És la meva darrera voluntat que res d'això no sigui conegut fins que passin els segles. Els senyals del cos em diuen que no continuaré gaire més temps entre els vius. Sé que la meva existència s'esgotarà en un breu termini. És hora, doncs, que declari les meves últimes disposicions.

Em trobo en l'extrema misèria. Amb la meva mort semblarà que la maledicció de l'astròleg s'haurà complert amb tots els detalls. Em va anunciar, com a darrera dels Balzani, un sepeli al qual només assistirien, a més de l'enterramorts, els gossos vagabunds.

No serà així. Als ulls del món, jo faré fracassar la part final de la seva despietada profecia. Mai no se sabrà que he mort. Si més no, fins que hagin passat les centúries.

En la creença popular, en la imaginació de les generacions, seré una desapareguda errant, una quimera, una dona mai morta.

Perquè jo disfressaré la meva fi de forma que quedi ignorada. La convertiré en una desaparició misteriosa i llegendària, en quelcom que l'astròleg no va preveure mai.

Hauré frustrat el compliment de la part final de la se-

va maledicció. És la meva única possibilitat de resistència. Només així puc afrontar una fatalitat en la qual no vull creure, encara que tot sembli indicar que és inexorable.

En tot cas, la meva única culpa ha estat la de portar la sang dels Balzani. En les seves actuacions il·lícites, mai no hi vaig prendre part. Quan vaig néixer, la decadència de la nissaga ja estava en la seva etapa final.

Gaudeixo de la complicitat de dues ànimes pietoses i abnegades, les dues dones benemèrites que m'han continuat assistint en la meva situació de pobresa.

Un metge de cor compassiu i un noble artesà, descendent d'antics servidors dels meus avantpassats, completaran l'obra secreta.

Jauré secretament darrere d'un dels miralls venecians amb els quals vaig ser turmentada en deixar l'adolescència. Ho va fer aquell que murmurava fredes paraules d'amor amb els seus llavis ressecs. Era el meu oncle i volia esdevenir el meu marit. El movia l'ambició d'aconseguir les pobres restes de casa meva. La seva conducta va ser malèvola i perversa, i em va causar un gran perjudici. Els meus llargs períodes de son em van salvar, n'estic segura, de deliris més greus. Ja no guardo rancor a Carlo Balzani-Ponti, puix que fa anys que va morir. Que Déu s'apiadi del seu esperit.

Les quatre persones coneixedores del meu secret deixaran aquest món, quan els arribi l'hora, sense haverlo revelat. Tinc la seva solemne promesa i hi crec fermament.

Sé que algun dia, sense trencar l'aura de misteri amb què em vull protegir, algú descobrirà aquests fets. A aquesta persona del demà, que mai no haig de conèixer, va expressament adreçat aquest testament.

Llavors haurà passat temps. Podrà fer d'amagat el

que ara no seria possible dur a terme sense vulnerar el meu secret. Li prego i li suplico que em procuri la pau perpètua en terra sagrada. En aquesta hora trista i resignada, des d'aquest present que aviat serà passat, a aquesta persona generosa, des del racó més profund del meu cor, li'n dono les gràcies.

Beatrice Balzani

Pàdua, novembre de 1686.

Amb la mà posada al taüt que havia aparegut darrere del mirall, Giovanni va pronunciar en to de jurament aquestes paraules:

—La teva demanda ha caigut en bones mans, Beatrice. Aviat et cobrirà la terra sagrada.

Amb el pergamí en el seu poder, es va disposar a abandonar l'edifici. Abans va anar a fer una ullada a la seva antiga finestra.

Alessandra era allà, mirant el *palazzo.* I allò no era tot: darrere seu, més endins de l'habitació, hi havia un home dret. Quedava mig tapat i a l'ombra. No li podia veure la cara.

La dona movia els llavis. Estava parlant amb el desconegut que l'acompanyava.

Hi havia una conxorxa entre tots dos. Estaven a l'aguait, no hi havia dubte. Giovanni, però, no podia endevinar encara les raons ocultes que els unien.

Va recular sense deixar-se veure. Hauria d'actuar de pressa i amb prudència, per salvar les despulles de Beatrice i el seu secret.

El teatre catòptric

VA PRENDRE totes les precaucions possibles abans de baixar a la plaça. Va ullar a dreta i esquerra, i a tots els racons de la placeta. No s'oblidà tampoc de les finestres dels edificis propers. Va esperar que s'allunyessin uns mossos de quadra que anaven a la feina. Ni tan sols es va fiar d'un nen que rondava per allà: podia ser el delator més perillós.

Quan va arribar el moment escaient, es va esmunyir façana avall. El finestral va quedar aparentment tancat.

Mentre s'allunyava de l'indret, va prendre consciència que estava molt sol, massa, per portar a terme el que Beatrice Balzani li demanava des del passat.

Com se les enginyaria per fer el secret trasllat del taüt a un cementiri, només amb les seves forces i recursos?

No disposava de gaire temps. Alessandra i el seu sequaç assetjaven constantment. Calia actuar abans que descobrissin el que havia passat.

Va pensar que Lena i Paolo l'ajudarien. Després, a mesura que ho va anar rumiant, va estar cada cop menys segur que amb la unió de tots tres n'hi hagués prou. Treure el taüt d'amagat del *palazzo* i tot seguit soterrar-lo en un lloc adient, sense que ningú advertís la maniobra, no era bufar i fer ampolles.

Hi havia una altra possibilitat, però li plantejava molts dubtes. Tanmateix, l'ajut de Giacomo Amadio podia ser decisiu.

Ell devia tenir recursos per disposar el que fes falta. Però abans caldria comprometre'l a guardar el secret. I allò comportava riscos. Giovanni, però, començava a creure que no hi havia més remei que exposar-se.

Per raons no prou clares, el retorn de la comitiva de Venècia es va anunciar per molt abans del que estava previst. Sense preguntar-se'n els motius, Giovanni va agrair aquell canvi de programa. Com més aviat tornessin, millor.

Va estar unes quantes hores esperant. Volia parlar amb ells de seguida. Queia un plugim suau. El napolità ni el notava. Estava abstret triant els termes en què donaria compte de la seva troballa.

Quan els tres carruatges van aparèixer davant de la universitat, el sol es començava a pondre.

Tan aviat com Lena i Paolo van baixar en terra, Giovanni se'ls va acostar com una flama ansiosa d'estendre's per tot.

—Hem de parlar. Ara. I crec que valdrà més que l'Amadio hi sigui present. Es tracta d'una cosa que fa més d'un segle que espera.

Lena i Paolo van fer cara de desconcert i es van mirar. Abans que poguessin reaccionar o dir res, el professor Amadio se'ls va acostar.

—Què, penedit d'haver renunciat al viatge, Conti?

—De cap manera, professor. Haig de comunicar-li una cosa d'allò més interessant i demanar respectuosament la seva cooperació amb certes condicions de les quals espero que es farà càrrec.

—De què està parlant, xicot?

—D'una cosa que corre moltíssima pressa si la volem fer com cal, senyor. Cal que li ho expliqui de seguida. I vull que Lena i Paolo hi siguin presents.

—A què treu cap tanta urgència? —va preguntar Amadio estranyat.

—El cas en requereix, senyor.

—Molt bé, d'acord. M'agrada ser receptiu a les sorpreses. Anem a casa meva. Allà el podrem escoltar còmodament.

Giacomo Amadio vivia amb l'única companyia d'un majordom, ja molt carregat d'anys, acostumat a satisfer les sòbries necessitats del catedràtic.

Quan l'amo de la casa i els tres visitants van estar instal·lats al saló-biblioteca, el criat va desaparèixer.

—El que vull explicar —va anunciar Giovanni amb veu tensa— és una experiència que he viscut. Ara bé, no confio que serà considerada totalment certa, sinó solament en el seu resultat, al qual es podria creure que he arribat per intuïció o per atzar, sense l'ajut de cap fenomen que surti de la normalitat.

—Bon començament —va aprovar Amadio aclofant-se—. El narrador ha de conèixer l'art d'introduir els seus relats d'una manera suggestiva. Ja ens té neguitosos. Continuï.

—De fet, professor, no pretenia fer una entrada suggestiva, sinó predisposar-los a favor de l'autenticitat del que em disposo a referir.

—Ho ha aconseguit. Endavant.

—Moltes persones titllarien la meva història d'inversemblant i no l'acceptarien mai com a certa.

—Res del que pugui ser expressat amb paraules sinceres no serà rebutjat per nosaltres. L'escoltem.

Animat per la favorable actitud del catedràtic i per les cares expectants dels seus dos amics, Giovanni va procedir a relatar tots els detalls de la seva aventura, des de la fortuïta coincidència amb Alessandra a la fonda Veneciana fins als esdeveniments culminants del *palazzo*. L'atenció dels tres oients estava totalment acaparada per les seves paraules.

Lena i Paolo ja coneixien moltes de les particularitats de la història, però el napolità les va incloure en la seva narració perquè volia que el catedràtic en conegués tot el desenvolupament.

Va ser especialment emocionant el moment en què Giovanni va llegir el pergamí de Beatrice. Tots el van escoltar amb l'ànim en suspens. Després, va acabar dient:

—Jo vaig veure com entrava al mirall de les màscares. Així em va donar a entendre on era el seu secret estatge. Després, el revestiment del mirall es va fondre per ensenyar-me el que amagava. Aquesta revelació em va arribar quan estava inconscient. Ella es va servir del poder dels miralls i dels somnis per enviar-me el seu missatge. Tant si s'accepta com si no, crec que és aquesta la interpretació del fet.

Lena i Paolo es van mirar furtivament. Amadio no va fer cap gest que expressés si admetia o rebutjava la conclusió final de Giovanni. En vista del silenci dels altres, el napolità va dir:

—Però del que no hi ha cap dubte és que hem de fer el que ella ens demana: traslladar sota el màxim secret les seves restes a un cementiri i deixar que quedi en la memòria de la gent com la que no morí mai. Així continuarà derrotant una forma perversa del llenguatge, la maledicció, amb una altra de molt més noble, la llegenda. En aquesta oposició simbòlica, Beatrice es mereix endur-se la victòria.

De sobte, el catedràtic va trencar el seu silenci:

—Compti vostè amb el meu ajut. El trasllat es farà com ella volia. La seva descoberta és molt notable, extraordinària. Vostè ha sabut arribar a les arrels del passat. Rebi totes les meves felicitacions, i suposo que també les dels seus companys aquí presents.

—Per descomptat —va dir Lena amb els ulls brillants—. Has estat fabulós.

—Fabulós és poc —la va corregir Paolo—: ha estat sublim, com a mínim.

—No tot està resolt i aclarit —va objectar Giovanni—. Queda en peu la incògnita de l'Alessandra i l'home, o els homes, que s'amaguen a casa seva. Sospito que tenen una bona raó per impedir la inhumació de les restes de Beatrice.

—Aclarirem de seguida aquesta tèrbola part de la història —va assegurar Giacomo Amadio. I, adreçant-se a Lena i Paolo, va afegir:— I ara, benvolguts deixebles, ja podem procedir a treure la bastimentada.

—La bastimentada? —va repetir Giovanni sense entendre l'al·lusió del catedràtic.

—Vostè sap molt bé, Conti, que, cada cop que un dels nostres grans pintors decorava al fresc els murs i les voltes d'un temple o palau, s'alçava un conjunt de bastides perquè l'artista pogués arribar a dalt de tot.

—Sí que ho sé, és clar —va respondre el napolità, desconcertat.

—Doncs bé —va prosseguir Amadio visiblement emocionat—, feliçment ha arribat l'hora en què ja li podem confessar una petita veritat. Tot plegat aconsellava que vostè no la sabés fins al final.

—Quina veritat vol dir, professor? —va preguntar Giovanni sense entendre res.

—Conti, vostè ha aconseguit una cosa fabulosa, un prodigi de clarividència onírica. Ha conegut en un somni la clau d'un enigma llargament preservat. Després d'un fet tan admirable, el mèrit del qual li correspon íntegrament, espero que no se sentirà decebut quan sàpiga que nosaltres l'hem estat ajudant una mica.

Giovanni encara no sabia a quin ajut es referia el catedràtic. Lena i Paolo, atents a les paraules d'Amadio, també semblaven emocionats.

—Cada any sotmeto algun dels meus alumnes a una prova secreta. M'agrada fer experiments inusuals. Tan bon punt vaig saber que vostè ocupava l'habitació que dóna a l'interior del *palazzo* Balzani, vaig pensar que podria ser l'escollit aquesta vegada. En què consistiria la prova, quin seria el seu objectiu? Esperonar-lo i motivar-lo perquè fes una exploració intuïtiva, emocional i imaginativa del misteri de Beatrice Balzani. Tot i que jo vaig fer veure que no hi estava d'acord, vostè ho va dir molt bé a classe l'altre dia. I tenia raó. Quan no hi ha documents o són insuficients, la implicació emotiva, mètode propi de l'art, ens pot ajudar a comprendre algun fet obscur del passat. Però molt poques vegades dóna lloc a fenòmens tan extraordinaris com el que vostè ha viscut.

Giovanni no era capaç d'obrir boca. Només parpellejava.

—Com a primera mesura, jo mateix vaig treure el lligall Balzani de l'arxiu històric —va explicar el professor—. Són documents que ja estan molt estudiats. No li haurien aportat res de crucial si s'hagués decidit a consultar-los. I vaig creure que el fet d'amagar-los seria un estímul per a vostè si s'adonava que el lligall no es trobava al seu lloc. De bon començament em vaig imaginar que l'edifici Balzani li cridaria poderosament l'atenció. Després, vaig saber per la Lena i en Paolo que s'havia sentit estranyament atret per l'atmosfera del *palazzo*. Els fonaments estaven posats. Llavors vaig decidir tirar endavant l'experiment. Tot va començar amb la carta inacabada: la vam introduir subreptíciament a l'habitació.

—El professor la va escriure de pròpia mà —va dir Paolo, molt atent a la reacció de Giovanni, com si temés que el napolità no se sentís decebut.

—La seva resposta va ser formidable —va prosseguir Amadio—. A partir d'aquí va començar vostè a arrossegar-nos i a portar-nos molt més lluny del que havíem previst. Nosaltres vam continuar donant-li estímuls fins al sorprenent final, però vostè va anar sempre al davant d'una manera admirable. Els miralls venecians del *palazzo*, per exemple. Jo tenia esment de la seva existència, però mai no m'havien cridat l'atenció d'una manera especial. Vostè, amb el seu interès, em va obrir els ulls.

Giovanni començava a entendre tot allò. Però encara estava bocabadat. Al cap se li apilaven les preguntes. Es va decidir a fer la primera:

—L'Alessandra ha format part del pla?

—Naturalment. La seva contribució ha estat molt important. Vaig parlar amb ella al principi, quan vostè encara no feia un dia que s'estava a casa seva. Després, amb la introducció de la carta, li vaig explicar millor les nostres intencions.

—Per què em va demanar que deixés l'habitació?

—Un moviment tàctic, Conti. L'havíem d'allunyar d'allà per tenir llibertat de moviments. Comptàvem que d'una manera o una altra se les enginyaria per entrar a dins del *palazzo*, encara que no hi visqués al costat. La bona de l'Alessandra va entendre el pla només a mitges, però va accedir a col·laborar-hi. Després, vostè la va ficar en seriosos compromisos amb les seves astúcies i les seves insistències. Ella se me'n dolia amargament. Va estar a punt de fer-se enrere dues vegades. Per sort, la vaig poder persuadir que aguantés. A vostè se li va fer terriblement sospitosa, ja ho sé.

—La feia embolicada en una conspiració tenebrosa —va dir Giovanni, que tot just començava a entreveure la cara oculta dels fets—. Sobretot des que vaig veure aquell home que semblava un cadàver.

El catedràtic va somriure.

—Conti, no m'afavoreix gaire descrivint-me d'aquesta manera. Encara que, atesos el moment i les circumstàncies en què em va veure, no li ho puc retreure.

El napolità es va quedar petrificat a la butaca.

—Era vostè?

—Sí. Estàvem preparant una cosa que després no ha estat necessària. Des de la finestra, jo dirigia un simulacre d'aparició espectral que la Lena, caracteritzada com a Beatrice, feia al pati, al costat de les estàtues. Era una mena d'assaig. Després, aquest efecte va quedar descartat. Tot es va centrar en els miralls. Però el cert és que vostè em va agafar d'improvís aquella nit. L'Alessandra em va avisar per un respirador. Sempre estava molt atenta a tot, i molt nerviosa. L'havia vist entrar a vostè d'amagat. Aleshores l'únic que se'm va acudir va ser ajeure'm de bocaterrosa al matalàs i tapar-me amb el llençol. Em va semblar massa grotesc amagar-me a l'armari. I vaig tenir sort: vaig aconseguir que vostè se n'anés sense adonar-se que era jo l'home del llit. Com pot veure, Conti, aquell cadàver encara belluga: aquí em té.

—També hi era vostè aquest matí, a l'habitació, amb l'Alessandra?

—Sí, fill meu. Miràvem d'esbrinar si ja s'havia refet del seu desmai a la cambra dels miralls.

—Així doncs, l'anada a Venècia...

—La sortida dels tres carruatges va ser un simulacre necessari —va dir Lena, escollint les paraules amb compte perquè Giovanni no s'enutgés en descobrir l'engany—. No vam passar dels afores de Pàdua.

—I a la tornada, igual —va explicar Paolo, animat en veure que Giovanni no semblava prendre's malament el que sentia—. Tornàvem d'un viatge de només uns minuts.

La memòria de Giovanni cercava sense parar molts aspectes que encara requerien un aclariment. Aleshores va preguntar:

—El furt del llibre dels miralls, també formava part de la trama?

—El dispeser el va retirar de la seva cambra a instàncies meves —va declarar el catedràtic.

—L'havien posat abans a la biblioteca perquè jo l'hi trobés?

—No. Va ser una troballa inesperada, fruit de la seva

voluntat investigadora, Conti. No havia vist mai aquest llibret. Ni tan sols sabia que existís.

—Així doncs, per què li va demanar al dispeser que l'agafés?

—Sabíem que estava influint molt en vostè. S'havia convertit en un element important. Necessitàvem saber de què tractava exactament per no perdre'ns. Nosaltres estàvem treballant per a vostè a l'ombra. Li forníem estímuls, incitacions, dades. No podíem ignorar l'aportació del llibre a la trama.

—Em va permetre confirmar que els miralls de Forlani tenen un poder molt especial.

—Per a nosaltres també va ser revelador, encara que la tesi central del llibre és parcialment falsa. Aquests miralls no tenen cap propietat sobrenatural. Provoquen difraccions quan es reflecteixen mútuament. Això explica les seves estranyes lluors.

—Em sap greu, professor, però discrepo —va objectar Giovanni amb fermesa—. Puc donar fer que...

—Deixi'm que li ho expliqui, Conti. Aquest llibre li va permetre fer el primer descobriment: l'odiosa actuació de Carlo Balzani-Ponti, l'oncle aspirant a marit. Ara bé, en les afirmacions del text hi ha exageracions interessades. Aquest pamflet va ser publicat anònimament per un consorci d'antiquaris que tenien a les seves mans uns quants lots de miralls Forlani per vendre. Atribuint-los qualitats prodigioses, pretenien apujar-ne la cotització i desvetllar l'interès de rics col·leccionistes d'objectes extraordinaris. He investigat l'assumpte. Les meves conclusions són sòlides i exactes.

—Però, professor, els ulls no m'han enganyat. Em semblava que ja m'havia explicat prou clarament —va insistir Giovanni—. No solament hi he vist lluors, als miralls, sinó també formes i figures que no tenen una explicació natural, fins que s'ha produït la insòlita aparició de Beatrice.

—El que han vist els seus ulls, Conti, han estat difraccions i efectes catòptrics, perfectament explicables amb l'ajut de les lleis de l'òptica.

—Efectes... catòptrics?

—Tampoc no provenen de cap poder misteriós. Els miralls del *palazzo* estan hàbilment trucats, com molts Forlani ho estaven. Això explica la seva fama. Un sofisticat sistema de lents camuflat a les parets els comunica amb una cambra que hi ha al damunt, a la planta superior. Des d'allà es poden crear imatges i llums aparentment inexplicables i, fins i tot, produir la il·lusió que surten volums o figures dels miralls. Aquesta va ser l'obra secreta de Carlo Balzani-Ponti. El truc amb el qual es va voler apoderar de la voluntat de Beatrice, disfressant-lo com a regal de petició de mà. Devia de tenir algun còmplice entre el servei, és clar. El dispositiu havia quedat en l'oblit des d'aleshores. I, dirigint la nostra atenció cap a aquests miralls, va ser vostè, Conti, qui ens va permetre descobrir què són en realitat. Després no ens va costar gaire servir-nos del teatre catòptric. Amb els seus efectes sorprenents li vam preparar l'empenta final. I ara li descobriré un detall que potser li agradarà: la Beatrice que vostè ha vist sortir del fons dels miralls era la imatge de la seva companya Lena, aquí present, caracteritzada com l'última Balzani. Com deu recordar, no ens vam oblidar del fermall de diamants; en vam aconseguir un de semblant, perquè la similitud amb els retrats de Beatrice fos la més gran possible.

Giacomo Amadio es va aturar un moment i va observar la cara d'estupefacció de Giovanni. Tot seguit, solemnement, va dir aquestes paraules:

—Però després l'hem deixat sol. Quan en el seu somni s'ha produït el miracle de la revelació, nosaltres ja no hi érem, allà. La seva sensibilitat i el seu desig de saber la veritat han fet possible el fenomen. Nosaltres l'hem ajudat, però la part decisiva l'ha aconseguit vostè sol, i és de justícia reconèixer-ho i lloar-ho.

Giovanni s'havia sentit decebut al començament, en adonar-se que la seva creença en un prodigi sobrenatural obrat per Beatrice Balzani no tenia cap fonament. Però, a poc a poc, l'envaïa la idea que la veritable explicació no feia menys extraordinari el que havia passat, sinó tal vegada encara més.

El catedràtic ho va expressar d'aquesta manera:

—Els fils de les coses tangibles i intangibles s'han unit a la seva mà. Ha travessat la por i l'ha deixat enrere. Ha acceptat tots els riscos del desafiament. La clarividència onírica ha estat la seva gran recompensa. Se la mereixia.

—Queden alguns detalls per aclarir —va dir Lena.

—Sí, és veritat —va confirmar el professor—. Feu-ho vosaltres. Us correspon amb justícia. Heu estat els participants més notables, sense desmerèixer la resta d'alumnes del curs.

Giovanni es va alarmar:

—També ho sabien els altres?

—Tots hem pres part en l'experiment —va dir Paolo—. Fins i tot el teu poc apreciat Giorgio.

Giovanni va fer una clara ganyota de menyspreu i va exclamar:

—Ell i els altres van estar a punt d'engegar-ho tot a rodar!

—Espera —va demanar Lena, conciliadora—. La invasió nocturna amb ciris i llençols també formava part de la trama.

—Teníem un problema —va explicar Paolo—: vam haver d'entrar i sortir del *palazzo* per preparar i assajar la manipulació catòptrica.

—Com hi entràveu?

—Per una portella de comunicació que hi ha a la planta baixa de casa l'Alessandra. Havia estat tancada durant molts anys, però a instàncies del professor, la va obrir per a nosaltres. La qüestió de l'accés la teníem resolta. En canvi, la de les empremtes, no. Com ens podíem moure per l'edifici sense deixar-hi petjades que et fessin sospitar? L'entrada d'en Giorgio i els altres va eliminar aquest problema. El terra de les estances es va convertir en un batibull de marques. No vindria d'unes quantes més. Aquest va ser el motiu de l'entrada nocturna al *palazzo*.

—Bé, nois —va intervenir Amadio—, ja hi haurà temps per a més comentaris. Ara s'imposa moure uns quants fils per assegurar-li un lloc de repòs etern a Beatrice, tan secret com l'actual, però més escaient. Jo m'encarregaré dels preparatius. Tot es farà amb la més absoluta discreció. Només divulgarem la perversa maquinació de Carlo Balzani-Ponti i la curiositat catòptrica dels miralls venecians. L'altre secret quedarà per sempre entre nosaltres. Hem jurat que el respectaríem mentre visquem. Tots.

Lena, Paolo i Giovanni van dir adéu al professor i van abandonar la casa. Al cap de poca estona d'anar caminant pels carrers de Pàdua, Paolo, amb el pretext d'estar cansat, es va acomiadar:

—Escolteu, jo me'n vaig a dormir, que em fa bona falta. Fins demà.

Lena i Giovanni van continuar caminant en silenci fins que ella es va decidir a parlar:

—Els corrents d'aire fred van ser idea d'en Paolo. Com que és una mica poruc, hi entén, en aquestes coses. Hem fet servir els conductes d'uns vells respiradors i unes manxes que ell va portar.

—Ha estat un efecte molt reeixit —va dir Giovanni, recordant el fort impacte.

—Suposo que estàs molt empipat amb mi, oi? Jo era la persona que tenies més a la vora, la que t'enganyava més directament. Em sap greu, era la missió que tenia assignada.

—No et sàpiga greu. Ha estat formidable. No estic gens enfadat.

—De debò?

—Sí. Vols que t'ho demostri?

—Com ho faràs?

—Així.

I la va convèncer d'allò sense fer servir ni una paraula.

EPÍLEG

EN DE LA NEGROR d'una de les nits següents, una furtiva comitiva va conduir el taüt de Beatrice Balzani fins a la quietud d'un humil cementiri de la plana veneciana, prop de Pàdua.

Va ser inhumada amb el nom figurat de Leonora Adami. Gràcies a la influència del catedràtic, i pel fet de tractar-se de restes antigues, les altres diligències no van ser necessàries.

En un atuell segellat, també va davallar a la terra el pergamí trobat darrere del mirall. El document anava acompanyat d'un escrit de Giovanni Conti on es donava compte de tot el que havia passat. Gràcies als dos textos ha estat possible avui compondre la narració que tens a les mans. Ha passat prou temps perquè la història de Beatrice pugui ser divulgada. En aquesta època es comprendrà com «La que no morí mai» va ser capaç de basar la seva grandesa en la seva debilitat. Per ratificar-ho, res de millor que les paraules finals de la crònica dels esdeveniments escrita pel napolità:

> *La maledicció de l'astròleg no va fer cap efecte. En aquella època era corrent que certes persones tendissin a acarnissar-se amb els seus enemics, proclamant maledicions als quatre vents. Només eren paraules, i prou. Formes pervertides de l'ús del llenguatge.*

La major part d'elles, com que no es van complir, van caure en l'oblit. Algunes, com la que va pesar sobre els Balzani, van semblar complir-se d'una manera total o parcial. No va ser així, és clar. Tot es va reduir a una coincidència entre el que auguraven i els fets posteriors. Però aquelles malediccions suposadament encertades van adquirir prestigi i ressò.

La dels Balzani va ser una de les que, aparentment, va experimentar un compliment més íntegre. Però els fills de la raó sabem que les causes de la decadència d'aquella nissaga de banquers res no van tenir a veure amb una fatalitat esotèrica. Van portar massa lluny els seus abusos i la seva rapacitat. El seu propi castell d'usures i saqueigs encoberts se'ls va ensorrar al damunt.

Amb Beatrice es va estroncar el riu de la sang Balzani. Però ella, considerada com a persona individual, tenia molt d'admirable. Dotada d'aquella resistència interior que només posseeixen certes dones, va vèncer l'astròleg en el trist enfrontament final i va conquerir un lloc en la llegenda.

Les circumstàncies han volgut que jo sigui el seu ambaixador en el món dels vius. Considero que aquesta missió m'ha ennoblit. I em sento afortunat per haver descobert la veritat d'aquest episodi de la lluita humana per la dignitat.

Pàdua, març de 1792.

Giovanni va tornar a ocupar de seguida l'habitació desallotjada. Va deixar de veure Alessandra com un personatge ple d'intencions tortuoses. Entre tots dos s'establí una amistosa convivència, i ella va declarar després que no havia tingut mai un hoste tan gentil.

Algunes nits, sense dir-ho a ningú, Giovanni tornava a entrar al *palazzo* com la primera vegada, per la cornisa.

Li agradava passejar a les fosques per les seves sales. Imaginàriament, dialogava amb Beatrice Balzani. Era un joc de vivència literària. En cap moment no el va deixar de considerar com a tal. Però allò no el va privar de gaudir-ne.

El mirall trencat va ser reparat i aparentment va quedar com abans, perquè ningú en el futur no lligués caps i sospités la veritat.

Es van fer unes quantes demostracions de les il·lusions catòptriques en sessions reservades als professors de la universitat, i després els Forlani van tornar al seu oblit secular.

Així i tot, els miralls van continuar semblant molt suggestius a Giovanni. Alguns dels seus col·loquis imaginaris amb Beatrice els va celebrar precisament davant d'ells.

Tots, fins i tot Giorgio, van fer honor al compromís adquirit. El secret va quedar protegit, i Beatrice va continuar sent la que no morí mai.

Lena i Giovanni van estar molt units durant la resta del curs. Després, amb l'arribada de l'estiu, ell va tornar a Nàpols, i les seves vides van seguir camins separats. Tanmateix, no van arribar mai a oblidar-se. Era molt bonic el que havien compartit, i l'empremta que els havia deixat va ser perdurable.

Pel que sabem, Conti va assolir anomenada com a historiador i cronista, i també va conrear l'art del relat. Sempre va conservar amb orgull el diploma de menció honorífica que li va lliurar Giacomo Amadio.

Al costat de la signatura del catedràtic, invisible, hi figurava la de Beatrice Balzani.

ÍNDEX

Una habitació tètrica 5
El lligall desaparegut 13
Una finestra hipnòtica? 19
La carta inacabada 25
La maledicció de l'astròleg 31
La cara de Beatrice Balzani 39
Petjades en una pols de molts anys 45
Desallotjament per raons tèrboles 53
Tornant com un estrany 61
Dels miralls venecians 67
Un advertiment subratllat 75
Mascarada nocturna 83
Veus en la nit 89
Mirades al passat 95
La que no morí mai 101
A l'ultramón 109
El teatre catòptric 115
Epíleg 129